海琪 原名刘萍

青岛作家
娜嬛词馆主人
凤凰网《娜嬛书束》专栏作家
"掌上青岛"《娜嬛小赋》专栏作家

出版作品
《飘与纵》
学苑出版社

《龙旗与鹰徽》
作家出版社

青岛百果山
2021年端午节

一只鸟掠过天空，沿海岸线消逝。父亲也会像这只鸟一样，掠过我的视野，飞向那不可知的世界吗？

——摘自《风树含香》

LANGHUAN CIGUAN

LANGHUAN CIGUAN

嫏嬛小赋

海琪 著

中国海洋大学出版社

·青岛·

图书在版编目（CIP）数据

嫏嬛小赋 / 海琪著 . —青岛：中国海洋大学出版社，2022.4

ISBN 978-7-5670-3056-5

Ⅰ.①嫏… Ⅱ.①海… Ⅲ.①散文集－中国－当代 Ⅳ.①I267

中国版本图书馆CIP数据核字（2021）第268443号

LANGHUAN XIAOFU

嫏嬛小赋

出版发行	中国海洋大学出版社
社　　址	青岛市香港东路23号　　　邮政编码　266071
网　　址	http://pub.ouc.edu.cn
出 版 人	杨立敏
责任编辑	滕俊平
电　　话	0532-85902342
电子信箱	appletjp@163.com
印　　制	青岛瑞丰祥印务有限公司
版　　次	2022年4月第1版
印　　次	2022年4月第1次印刷
成品尺寸	145 mm × 210 mm
印　　张	6.25
字　　数	140千
印　　数	1—2000
定　　价	126.00元
订购电话	0532-82032573（传真）

发现印装质量问题，请致电0532-83645098，由印刷厂负责调换。

韵脚

"锦瑟无端五十弦，一弦一柱思华年"，我——笔名海琪，经历过图书馆馆员、高校讲师、新闻工作者、公务员、作家诸身份的转换，养成了勤读、勤学、勤思、勤悟、勤听、勤写的习惯。尤其是勤写，虽身非菩提树，心亦未明如镜台，但却"时时文字勤拂拭，勿使心灵惹尘埃"。

三十年笔耕，几百万字，睹一字一句，如一弦一柱，情思华年。我手写我心，我用文字为岁月标注了密密的、美丽的、扎实的韵脚，累并快乐着。码字成句，积句成章。部分作品曾获得全军、海军、全国，以及省、市诸多奖项，有以新闻（消息、通讯）、言论、散文等散见于《人民日报》《光明日报》《解放军报》《解放军生活》《军事历史》《青岛日报》等中央、省、市级报刊的，也有以内参、报告、说理文等刊登在中央办公厅《秘书工作》《人民日报情况选编》和新华社《高管专供》等国家级内参资料上的，亦有报告文学、电影文学剧本被学苑出版社、作家出版社出版的。

韵脚或浅淡，或深刻；或活泼，或理性；或明快，或忧伤……一点点、一滴滴，串联起我过往的岁月，并对当下和未来发出强烈的邀约——在文字的"花田"里尽情地纵横吧，刻印出丰富多姿的岁月韵脚，为心灵之花耕种一片宁静、素雅的"田园"。

海琪的岁月，文字做主。

心花

鲁迅先生曾说他的《朝花夕拾》，若是"带露折花，色香自然要好得多，但是我不能够"。多年来，我用心写下的一篇篇文章，很像我用心种下、用情浇灌的一朵朵小花，不经意间我竟拥有了属于自己的"花园"，盛满了生活的历练，印满了时光的记忆。

在时光回溯中看这些文字，忽然涌起一种感动。

那最珍贵的不是成堆的奖牌，不是码字的能力，更不是累累的剪报，而是一种纯粹的生命的记忆，在累累的文字里我看到了我的生命，准确地说，那是我的心灵之花，在岁月里如此忠实地跟随我的生命历程，尽情地绽放着……

那年少的青葱岁月，宛如春天里娇嫩的迎春花；那感人的人和事，恰如夏季里清香的米兰花；那苦涩而热烈的军旅生涯，真如英雄的木棉花一样；那浅说浅议的世事政论，散发着桂树的清香；还有那无奈的酸楚的心迹，正如那惆怅的紫丁香花……

岁月给我以沧桑，我却以沧桑为养料，肥沃我的心田，种出繁茂而丰隆的花朵。花朵芬芳，幻成永恒的文字，恰如时光慢递，让岁月历历在目，有色有香，入眼入心。

如此，再想鲁迅先生的《朝花夕拾》，原来这花竟真是可以拾得的，拾得的是这一路走来在心田里绽放的花朵，是心花。

海琪的心田，文星璀璨。

空杯

南隐是日本明治时代的一位禅师。一天，有人问禅。南隐将茶水倒入来宾的杯子，即使杯子满了仍在继续倒水。那人眼睁睁地望着茶水不停地溢出杯子，终于说道："已经漫出来了，不要再倒了！"

"你就像这只杯子一样，"南隐答道，"里面装满了你自己的看法和想法。你不先把自己的杯子倒空，叫我如何对你说禅？"

我一直以为对于"女作家"最好的定义就是：一个在思考中存在的女子。我思故我在，我手写我心，在日复一日的一日三餐里，以自我的视角去不停歇地察观宇宙，我看到我的"杯子"是满的，装满了察观得来的自我认知——文字。

而以宇宙的视角来洞观自我呢？那个细雨霏霏的秋日，在百果山的桂花园里，热闹了整个夏季的凌霄花，此时只余一两朵挂在枝头。寂寞的园子里，如米粒般大小的桂花和米兰携手而至，兰桂飘香，沁人心脾，花香又满园。

每种花都是桂花园的过客，它们次第花开，正如每个人是宇宙的过客，我们陆续登场。我拿来一只布袋，将这一季落下花枝的凌霄花装入其中，以印记某段岁月的璀璨；正如我寻来一个书名，将过往的一些文字装入《嫏嬛小赋》里，以印证某段心绪的起伏。

此时，我用空杯"邀来"南隐禅师，清风起舞，花香作陪，共赏明月。在苍穹之下，在时间之内，我看到的我，已渺如宇宙中的一粒微尘，此刻此心空灵通透，如月下之寂寂空山。

海琪的空杯，空以悟慧。

嫏嬛

初见"嫏嬛"时我18岁，在大学图书馆学专业的课堂里，这二字的字形已经让我莫名欢喜。

嫏嬛，是中国古代传说中天帝藏书的地方。《字汇补·女部》："玉京嫏嬛，天帝藏书处也，张华梦游之。"后"嫏嬛"借指仙境，也泛指珍藏书籍之所在，即藏书室、图书馆。有句话说，如果人类文明被毁于一旦，只要保留一座图书馆，那么，人类仍然可以重塑文明。"嫏嬛"二字的意义更是让我心中欢喜。

20世纪80年代，很多人"下海"了，唯有我，藏在军队图书馆里（如果穿越回古代，那我的工作地点应该被称为"嫏嬛"），每天安静地为新书做类别标引，书们缤纷炫目地排着队，以每日1000册的速度，从我手中穿过。

千帆过尽，胸中多有豪迈；千人阅尽，心中留有精明。而每一天，千书过尽，历时七年，会发生什么？

我的理科生的头脑，装满了天下的故事；我的日常生活，氤氲了纸香，浸润了墨香；我的心，生出文章华彩，生出历史传说，生出奇思妙语，生出散文、新闻、内参、报告文学、电影文学剧本……

比起制造它们，我更关注它们是否有美好的去处。书店、书橱，还是人心？几年前，我的《飘与纵》被牛津大学中文图书馆馆藏并收到一张馆藏证书，那份暖意至今留存心间。思来想去，它们最好的去处还是图书馆。所以，每有新书发行，我必以捐赠的形式让它们入住岛城的各种图书馆。不仅如此，我干脆把我的工作室——制造它们的"车间"取名为"嫏嬛词馆"。是文字，又带我回到最初的起点。

《嫏嬛书柬》和《嫏嬛小赋》是我在凤凰网、"掌上青岛"开设的两个专栏，也是嫏嬛词馆的系列产品。本书的大多数文章取自《嫏嬛小赋》栏目，故以此名之。

海琪的嫏嬛，文字的故乡。

文字，于海琪，是什么？

文字，是"韵脚"。海琪的岁月，文字做主，从中可以看到光阴荏苒的足迹。

文字，是"心花"。海琪的心田，文星璀璨，从中可以听到心灵倾诉的音符。

文字，是"杯子"。海琪的杯子，空以悟慧，从中可以饮到冷暖自知的佳酿。

文字，是"嫏嬛"。海琪的嫏嬛，文之故乡，从中可以找到安放身心的桃源。

这是一场海琪与文字的风花雪月。

海琪

于青岛嫏嬛词馆

2021年9月

目录

言情篇

纪行篇

说理篇

述志篇

言情篇

风树含香

沉香的母树被称为"风树"。要取得沉香，必先让风树受伤。风树的伤口处形成香种子，香种子经千百年的时间醇化，成为沉香。

一

父亲，离开我们已经整整15年了。15年，于一个国家，可以制定出三个五年规划；于一个生命，可以由受精卵发育成蓓蕾初绽之少女或英气初显之少年；于一件事物，其在人脑海中的记忆由鲜亮变得暗淡。

15年，5000余个日夜，漫长而遥远。但父亲于我的记忆，却恍如今日与昨日之别。他的音容笑貌、他的嗔怒轻责、他的不甘痛楚，等等，依旧历历在目。

父亲离开的最初几年，即使我在最欢乐的时刻，他的形象也会在我的脑海中不期而至，瞬间让我泪流婆娑，那切肉挖心的痛楚如二胡凄厉悲哀的旋律撕裂我的心扉。

慢慢地，与他有关的一些琐忆带给我的唏嘘遗憾，又让我心头常常浮起"子欲养而亲不在"的黯然酸楚，如一支幽怨、苍凉的洞箫悲鸣。至后来，哀伤随着年轮淡去，当我放慢了在尘世中追逐俗利的步伐，对生命渐渐升起敬畏心和知觉心后，我逐渐意识到，父女之缘，彼此联结的美好，虽然短暂，已是难得的圆满。无论我的生命怎样延长，无论我的智慧怎样增长，在我的心里，始终都留有父亲的位置，使我的成长有了清晰的引领和知己般的陪伴。如此，父亲在我的脑海里每每与我不期而遇，就是那古筝流转出的百转千回的韵味和缭绕的余音了。

也因此，在父亲离开我们15周年之际，我终能以一颗澄澈的女儿心，静静地、淡淡地、清晰地、甜蜜地用文字来记录我们两个有情生命在这一娑婆世界里之联结。

二

15年前的5月10日，父亲与尘世道别。谁说，一个人的生死是不能用意志更改的，对于父亲，我认为他用勇气和爱在人世间做了最后的争取。

离世前的最后一周，躺在病榻上的父亲已不能言语，头脑却清醒得很，似乎仍有着不屈的生命力。从北京请了假回青的弟弟、弟媳眼看着假期已满，便犹豫着是先离青回京还是续假。母亲便向父亲小心地询问着，父亲以微微的、不易察觉的颔首表达了续假的建议。果然，在弟弟续假后的第五天，父亲了了一世尘缘。这让我颇感生命的神秘。连医生都难以判断的日子，父亲自己却能感知到。

而眼见着再过几天就是父亲挚爱的外孙——我的儿子5月12

日的生日了。这世间我最爱的两个人，一个给了我生命，一个我给了生命。如果在以后的岁月里这两个日子重叠在一起，让我情何以堪？在父亲疼痛稍缓的时候，我故作随意心里却充满绝望地跟他低语：

"爸爸，12日是宝宝的生日。"

"我知道。"短暂地沉默后，父亲的嘴唇轻轻碰触发出了我可以懂的声音。

父亲，选择在5月10日上午离开了我们，比我儿子的生日提前了两天。那一瞬间，我的心底蓦然涌起巨大的痛楚，是的，父亲说过，"我知道"。

5月12日，在我从父亲家回自己家的路上，公交车正好经过饭店。透过公交车和饭店的两层玻璃窗，我恰好看到10岁的儿子按照原定计划在和他的同学庆祝自己的生日，孩子们中间闪烁着蛋糕的烛光，泪水却蒙住了我的双眼。这也是父亲的心愿，他不愿因为自己而剥夺了他爱的孩子原本应该拥有的快乐。在迷蒙的泪水中，我似乎见到父亲正站在孩子们的身后，依旧淡淡地、温和地笑着，两只胳膊习惯地交叉在胸前，右手的食指和中指夹着一支燃了一半的香烟，细细的、浅灰色的烟雾绕着圈儿在他高大的身影上方回旋，回旋。父亲总是喜欢这样远远地、静静地享受他的亲情之乐。

是的，父亲希望我在痛悼亲人离世的悲楚之后，还能用心去感受生命成长的希望；他告诉我，爱我们的人离开的时候，会有我们爱的人来接续生命的火炬，那是爱的密码。

最终，我读懂了父亲留给我的启示：生命的传承更是爱的传承和延续，有爱，生命就没有消失，父亲的生命正以爱的密码传

承在人世间。

三

父亲的生命之火正在渐渐熄灭，可是他仍然坚强、执着地表达着对这个世界的款款深情。

有一天，父亲用微弱的声音对姐姐说："去，把家里的影集拿来。"厚厚的影集放在父亲胸前，姐姐一张一张地默默地翻着，父亲一张一张地静静地看着，他的眼角渗出了泪水。

恍见往昔，岁月如水，多少峥嵘岁月如烟云飘过，多少情怀随时光逝去，张张照片勾画出父亲的"戎马"一生。

这是一张青涩的结婚照。照片里的父亲稚气里透着呆愣，梳着黝黑长辫子的母亲站在一侧笑靥如花。父亲的婚姻是被奶奶"钦定"的。母亲已经出嫁的姐姐是十里八乡有名的孝顺媳妇，这种美名直接"恩惠"了未嫁的母亲。尽管母亲没有她的姐姐那样柔美的脸庞和温顺的性情，却毫不影响奶奶为父亲求亲的热情。父亲在外闯荡世界，留在奶奶身边的媳妇第一重要的自然是乖顺、孝敬老人。至于父亲的爱情，奶奶没有这样的概念，祖辈的传统里也没有这样的概念。

如此，父亲这个十里八乡有名的英俊威武的海军士兵，从部队被召唤回来，稀里糊涂地和相貌周正却难寻媚色、外表安静内心却极刚强的母亲成了婚。

父亲对身边人的懵懂、对未知婚姻生活的茫然甚至一丝无奈都在那张青涩的照片里可寻踪迹。

岁月是把杀猪刀，岁月也是块磨金石。父亲和母亲以无爱开始的婚姻渐渐被生活打磨出了至真的亲情。母亲用她与生俱来的坚忍和不停歇的劳作在漫长的婚姻中陪伴父亲走过许多艰涩的岁月。也许父亲至死都不曾体验过激情充沛的爱，然而，母亲却留给他馨香醇厚的至真亲情。

"真想，真想，再吃一回你妈妈炒的小菜啊！"父亲唏嘘着，轻轻地叹了口气。

是啊，似乎永远是这样的场景：母亲在厨房里忙活着炒小菜，父亲在客厅的沙发里坐着温一壶小酒，等着母亲端上菜来：炒蛤蜊、拌凉粉、炸小鱼、炒芸豆丝，而最后端上的，往往是母亲拿手的炒鸡——父亲的餐桌最爱。炒鸡端上来后，母亲的厨房奏鸣曲算是告一段落。母亲从厨房里出来，端着她百吃不厌的满满的一大盆地瓜。而此时酒已足、饭半饱的父亲便拿母亲的"地瓜肚子"开玩笑。

"你看看你，两天就吃一麻袋地瓜。我每天早上从早市扛得多么不容易啊！"父亲放下碗筷，用左手绕过胸前撒娇似的搓揉他的右臂膀："哎呀，好疼啊，娶了个大肚子老婆，还得隔三岔五地当搬运工啊！"

母亲毫不示弱："你搬个麻袋才多会子啊，我在厨房里不是又忙活了大半天吗？"最后再加上一句，怒嗔道："真是懒惰的马匹嫌路远呢！"

父亲又开始扒拉他的小算盘，逗弄着母亲："哎呀，现今这地瓜也不断涨价。你看你爱吃的这黄皮带面的比那红皮发甜的一斤贵出五毛呢，每天三斤地瓜，每斤三块五毛，每天十块五毛，一个月30天，每月……"母亲等不及父亲话落，便起身去找计算器，用粗糙的手指一个个笨拙地按着数字键，把荤菜和素菜的花费加出个天文数字来。

旁边小外孙女不禁笑出声来，"姥姥，姥姥，你又按错小数点了"。父亲此时必定笑岔了气，仰倒在沙发靠背上，连连摆手："不碍事，不碍事，姥姥再能吃也不怕，你这个当远洋老轨（俗称，指轮机长，地位与船长相当）的外公能挣啊！外公养得起！哈哈。"

这样的场景在父母的晚年生活中常常出现，父亲、母亲以他和她独有的方式打情骂俏……那馨香的日子就这样一天天随着袅袅的家常菜的香气，回荡在父亲的记忆里……

当姐姐翻到父亲的一张中年半身照时，父亲凝视了照片中成熟、稳重又不失英气逼人的锐气的自己良久，微微颔首："就用它了。"

照片中的父亲英姿俊朗，浓眉下的一双眼睛一扫青年时期的呆萌，透出睿智的光芒，高耸的鼻梁线条分明、饱满，嘴唇微噏，一副踌躇满志的样子。

姐姐小心地取下了父亲这张堪称经典的照片，转回头，递给我，低语道："去，拿到照相馆放大冲洗。"看到我懵懂的样子，姐姐眼角微红，唏嘘道："爸爸自己选了灵堂挂的照片。"

父亲一生爱"好"，对这个世界和世界中的万事万物充满深情，他的深情就如此这般地体现在"足心足力"地将每一件事做到尽情好的地步。即使在生命如此这般仓促地迎来谢幕的时刻，父亲依旧不慌不忙、有条不紊地打理着一切。有他的日子，如此和谐、祥美，涤荡掉悲伤；没有他的日子，他希望依旧延续曾经的和谐、祥美。

四

作为远洋货轮老轨的父亲曾远涉重洋，一生风里来浪里去，置下丰厚家产。然而，在弥留之际，他却不曾对其置一词评说，也许因了母亲的能干，也许因为父亲对于我们姐弟三人品行的信赖，也许诸多因素皆有。但于我而言，我深深地理解父亲的内心世界，因为，财产于他，着实是身外之物。

他的世界，深藏在他的内心深处。

父亲的职业生涯从海军水兵开始。复员后他成了远洋轮船上的一名水手，从刷甲板油漆、钻研枯燥的机械开始，一步步从水手成长为四轨、三轨、二轨，最后成为掌管半条轮船的老轨。

一年大概有九个月的时间，父亲漂泊在茫茫无际的大海上，陪伴他的是不停轰鸣的马达声、散发着柴油刺鼻味道的狭窄幽暗的机舱室，他的手上似乎永远套着那副满是油迹的白棉手套。

然而，即使在这样的工作环境中，父亲依旧能在日常生活工作的罅隙里，寻找出令他内心愉悦的生活情趣来。

在疾航海面的轮船上，父亲会在工作间隙跑到甲板的尾部，看轮船犁开水面时那受惊的鱼跳出水面。至船速稍慢时，父亲会招呼船友们甩下鱼竿，将各色大小不一，甚至许多叫不出名字的鱼儿"请"上甲板，再用一根根丝线穿过鱼儿的鳃部，挂在绳子上，风干的鱼儿在朝霞或者余晖里，闪着不同的光，父亲美其名曰"七彩鱼"。轮船有时横渡太平洋、大西洋，有时也会同时经过印度洋，因此父亲又给取它们取了个名字——"万洋鱼"。而晒制成的鱼干，父亲会在来自内陆的船员休假时当作礼物馈赠给他们的妻子。

即使是面对枯燥的甲板，父亲亦能寻出诸多乐趣。父亲新购的摩托车，因为母亲觉得不安全反对他骑，父亲便把它带上了船。于是，这狭长的甲板，便成了父亲享受风驰电掣般感觉的最好"路面"。有时，船到了码头，父亲接待参观人员时，除了用一连串的数字解释轮船之大之阔外，还常常使用这样的句式："你们知道这到底有多长吗？我驾驶着摩托车，从船头开到船尾，整整需要五分钟的车程啊！"人们惊讶地张大了嘴巴，旋即回神，问："那么，这速度是多少？"父亲便开心地一笑，神秘地说道："哈哈，这速度嘛，是我的心情的速度。"原来，父亲把在甲板上骑摩托车当作在陆地上散步的替代品，而心情高兴与心情郁结时骑的速度自然也是不一样的。

有一年，父亲的轮船泊岸时，我幸运地随母亲上船探亲。父亲把我领到他的小书房里，让我看一个玻璃瓶，里面的水浸着一颗长出很多细密绵长的白色根须的洋葱头，葱头的顶部抽出许多碧绿坚挺的叶子，鲜嫩的绿色焕发出一派盎然的生机，给这个小斗室增添了无限的生命力和生活的温情。

父亲得意地炫耀着："你看，我把船上的最后一颗洋葱从大厨手里抢救出来，好好地养成这样。茫茫大海中，它就是船上能见到的唯一的绿色了。"

是啊，有时候，父亲的轮船会在海上航行长达三个多月。不能靠岸，便没有青菜的补给，整条船上的人以罐头为主要食物来源，见不到一丝绿色。父亲，即使在这样苦涩的航海生涯里依然有他的绝招。这一抹绿色多么宝贵啊，它分明是这七尺男儿内心深处潜藏的对于生活和生命无限的热爱和童趣。

父亲的内心，像一个无线电台，他从广博的宇宙和生活的琐碎处吸收爱、天真、美好、希望、欢欣、趣味的能量，是的，正如德裔美籍作家塞缪尔·乌尔曼所言："它是心灵中的一种状态，是头脑中的一个意念，是理性思维中的创造潜力，是情感活动中的一股勃勃的朝气，是人生春色深处的一缕东风。"是的，岁月可以在父亲的皮肤上留下皱纹，却无法为他的灵魂刻上一丝痕迹。

五

60岁时，父亲结束了大半生浪迹远海的漂泊生涯，回到了坚实的土地上。我们在外忙碌的间歇奔回家时，空气里飘荡的除了母亲在厨房里炒菜的香味外，还回荡着父亲悠然饮茶、弄花带来的茶香、花香。不同的香气氤氲着，形成了幸福的味道。

那个夏日，骄阳似火，我一回家就找水喝。父亲端起一个陶制的茶壶，让我直接对着壶嘴喝。我觉不妥，他却坚持，结果我一喝，温润之清茶沁人心脾，后如驴饮。父亲说，这是我曾经送给他的无锡茶壶，他用之冲泡最喜欢的红茶，即使隔夜了那茶也是香的。茶饮罢，父亲又展示他自己磨制的巴西咖啡，从他的杯子里倒出三分之一，冲水一杯，我还是苦得咂舌。见我吐舌，父亲便拉我到阳台，让我站在穿堂风口去闻他的米兰花绽放在夏日空气里的甜香。

父亲就是这样不错过享受生活的每一个细节，并一点一滴地向我展示生活本来应该呈现的状态。母亲的生活是忙碌的交响曲，而父亲的生活是隽永的丝竹乐。

每每此时，我必定用他的语气打趣道："你现在沾花弄草，小心玩物丧志啊，有点对不起党和国家对你的精心培养啊！"

"唉，错错错，莫小看了这花草茶香啊，里面文化大着呢！有句话说，禅茶一味，怎么讲呢？"

"哎呀，你这分明是老鼠钻到书橱里——咬文嚼字嘛。喝茶，能喝出战斗力，养花，能养出高楼大厦吗？"

那时的我，正处于人至中年的爬坡阶段，事业、家庭、人际关系如几座大山般挤压着我的生活空间（或者说生存空间更为合适）。生命里似乎除了向上，便是向下；除了赢，便是输；除了兴高采烈的心情，便是欲哭无泪的痛楚。

现在想来，那是父亲抓住我忙碌的间隙，用生活的智慧启迪、滋养我疲惫的心。

"好，那我再问你，你喜欢梁漱溟大师吧？我记得他说过人来到世界上需要处理好三个关系，你以前谈起过，那你还记得吗？"

"当然记得啊。梁大师说，人这一生总要解决三个关系：先要解决人和物之间的关系；然后要解决人和人之间的关系；最后一定要解决人和内心之间的关系。"

此时，父亲将茶慢慢地斟满一只小小的泥陶茶杯。"来，慢慢品。人家不是说，这一杯为品，二杯即是解渴的蠢物，三杯便是饮驴了。刚才小驴灌饱了，这会子品品这茶香，可好？"

父亲的话让终日里风风火火的我忽然安静下来。是啊，从什么时候起曾经醉心于风花雪月的自己变成了一只不停旋转在各色事物里的陀螺，我的本心安在？父亲看出了我的惶惑，或者说，他其实正在"处心积虑"地帮我直视自己内心的惶惑。

父亲又向茶壶注入了沸腾的水，让我看茶片随着水流旋舞着。

"你看，不经过这沸水的烫泡，这茶的香能出来吗？"

"爸爸，我明白了，要处理好第三种关系，就必须要有强大的内心世界，无伤不香，这四个字，我记住了。"

"是啊，无伤不香，譬如淑女，可不只是'淑'出来的，得经过'蒸煮炸涮'啊；还有无风不香，只有有了风，香才可以飘得更远啊。要成大事，就不要怕风和浪。"

"无伤不香，无风不香"，分明是父亲在一茶一香一坐之间送我的立世八字锦囊。

茶饮罢，父亲起身，从壁橱里取出一盒沉香，据说这是印度洋一个小岛上生产的一种沉香，香身呈灰绿色，每支高约15厘米，透着微微的药香。

父亲用打火机点燃一支，沉香之烟缓缓、袅袅于空气里，在香柱上空悠然地盘旋着。忽有一丝若有若无的气息，从香屑中袅袅婷婷地升起，断断续续汇聚成一细小的龙，扶摇而上，悄无声息地沁入了鼻孔。清丽而甜美的香气，像蚕丝逶迤而进，缠扰了肺腑，令人迷醉。

父亲说："你知道吗，沉香的母树被称为风树，要取得沉香，必先让风树受伤。风树的伤口处形成香种子，香种子经千百年的时间醇化，成为沉香。"

"如此甜美的沉香，取得的方式却是这样残忍。原来沉香是树的眼泪，而我们在燃的不是香，分明是树的泪啊！"

"是啊，这就是所说的无伤不香。世界上没有一种香是不带伤的啊，梅花也是香自苦寒来啊！譬如你、我、大家的人生。"

六

父亲似乎从来没有停下过通过生活的琐碎来探究生命的本质，直至生命最后一刻。在父亲的三个孩子里，我似乎与父亲在性灵方面有着更多的相似之处，常被母亲责骂成"大迷糊"和"小迷糊"。每每大的或者小的犯了迷糊，惹恼了母亲，引发了斥责，一个必定为另一个解释说情，很是默契。母亲为此更加气急败坏，两个"迷糊"便不敢再行造次，只得乖乖地住了声。

父亲终于走到了人生的尽头，这也是我第一次如此近地面对至亲的死亡。悲恸是巨大的，但在悲痛和忧伤之间，我直觉父亲似乎还有未竟的心事，而这心事，除了我，必然不能对他人言，包括母亲。因为，只有我这个小迷糊，才会在"大迷大糊"与大是大非之间摒弃惯常的理论，无原则地力挺父亲。因为，父亲的心里还住着一个"父亲"，里面的"父亲"是我的灵魂伙伴和挚友，我们彼此无限相似、无端亲密、无碍明了。

那天，一个风雨后的午后，病榻边只有我陪着父亲。父亲病房的窗口，面对着无垠的蔚蓝的大海，天空和海面被疾风暴雨清洗得透着可爱的天青色和蔚蓝色。我让父亲的头微侧，这样他可以望见大海。父亲的一生，在大海上的时间远远超过了在陆地上的时间。大海，是他真正的家园。

一只鸟掠过天空，沿海岸线消逝。父亲也会像这只鸟一样，掠过我的视野，飞向那不可知的世界吗？

鸟儿还有再飞回来的一天，可是父亲呢？父亲也会再飞回来吗？父亲会生出飞翔的翅膀吗？是阿尔卑斯的雄鹰，还是衔着橄榄枝的白鸽?

泪水迷蒙了我的双眸，我转过身，背对着父亲，面朝大海。

"海起。"父亲轻唤我的乳名。曾几何时，父女俩打趣名字的典故。父亲总是说："哎呀，多有文化啊，你父亲在海上起的家，你不叫海起叫什么呢?"

"多多感谢您在海上起的家，要是您老人家是研究地震起家的，那我不就得叫地起了吗?"

"哈哈，那就直接叫地契了，更值钱。"

恍惚间，我脑海中又浮起父女俩往昔笑答的场景。上天啊，这是我的一场梦吧，我多想这只是我的一场梦魇，我那健康的、永远活力四射的父亲会在我大汗淋漓的梦醒之后，微笑着站在我的床边。上天啊，请赐我从噩梦里醒来的力量吧!

"海起，过来。"父亲又轻唤了我。我从神思恍惚中醒来，不为他察觉地抹干泪水，来到父亲床边，握住他消瘦的手。

"死亡，并不可怕，死和生一样，是生命转化存在的一种方式。"父亲用微弱的气息一个字一个字地说。"面对死亡，不要惧怕和忧伤。"父亲的手虚弱至极，手指却微微用力，扣在我的掌心正中。父亲在弥留之际，用他不改初心的、惯常的乐观、开朗和些许天真，把这场生离死别的浩劫演变成了我们父女俩对生命的探究。

这就是我的父亲，对于惯常的规则，他总会独辟蹊径，总是充满正能量，即使面对死亡，也是如此。

七

那一刻终于还是来了。

父亲的心脏依然跳动地有力而倔强，那分明是父亲此世没有耗尽的生命力啊。那样元气充沛、那样富含正能量的生命力，在愤怒地、不屈地向死神抗议和怒吼着。

我的耳畔，似乎又回响起父亲开心轻松的声音："哎呀，海起，你看，我们海员常年在海上工作，风里浪里风险大、压力大，所以，我的心脏也和大家一样，不是很好，可是，我常年喝你买给我的绿茶，我的心脏越来越好了，体检医生都很惊讶呢！"

可当时忙于工作的我只是敷衍着父亲："啊啊，是吗？绿茶可以养心脏啊？"

我并不记得曾经给父亲带过绿茶，至少没有特意带过，可能是混在礼物里随意给过他。父亲总是不记得他给予别人的好，可是别人给予他的好，有意无意，一分一毫，他都记得毫厘不差。因为，父亲拥有的是一颗感恩的心，这样的心怎会不是一颗健康有力的心呢？

可是，父亲的最后一丝气息无视心脏的抗议，终于消逝在宇宙的无限空间里。

母亲和姐姐脆弱地坐在地上哀恸着，弟弟和弟媳两人相拥在一隅而泣，而父亲，静静地躺在冰冷的病榻上。

死亡，可以从任何一个看似坚强的人的内核剥离出如婴儿般的脆弱无力。此时，我忽然心生恍惚，这一世，无论面对多大的挑战和困难，我都不曾觉得害怕和悲伤，那是因为有父亲的存在，他为我擎起巨大的庇护之伞。如今这把伞却轰然倒塌，此刻，我感觉自己仿佛正头顶天穹，而天，是要塌陷了吗？极度的沉重感和下坠感令我窒息。

从此，再也没有人回应我对"爸爸"的呼喊；从此，无论欢乐与悲伤，再也没有人能毫无保留地与我分享；从此，无论怎样寻找，那个人，再也找不到了……关于死亡，我第一次有了如此痛彻心扉的觉知。

我看着父亲的遗容，那眼睛分明还是睁着的，那嘴巴分明也是张着的。

父亲，你是因为生命早逝所以心有不甘吗？父亲，你是因为未能带我们到乡下种菜、亲近土地以弥补你半辈子漂泊海上而遗憾吗？父亲，你是不忍心舍弃人间的万家灯火和诸般亲情吗？

此刻，我希望你合上曾经明亮的眼睛，闭上线条饱满的双唇。我靠近父亲，我的左手轻轻抚在父亲的眼睛上，我的右手抚在父亲的唇上……

父亲需要的是，有一个人能从痛苦和纷乱里站起来，强有力地安排好他与这个红尘世界的告别。父亲是永远爱"好"的。

时间停止了流逝，我的双手静静地抚在父亲的脸颊上。我和父亲，静静地、安然地，似乎正躲在一个巨大的透明的水滴形成的球体内，隔绝了万物的嘈杂。

此刻，父亲，正在去往另一个世界的路上。我愿意用我双手的温度，让他仍然感知人间的温暖，不孤独，不仓促，祥和、温暖依旧，如在人间。

世界，真的好静啊。我和父亲的世界，此刻，就在我们阴阳相隔的两颗心里。

良久，良久……

父亲的面庞变得安静平和。我知道，他的心也必定是安静平和的。

八

父亲离世整整20天了，我不曾掉下一滴眼泪，体重却直落20斤。无数次在心里和他对话：“我知道你还在看着我。女儿在为你办大事，你要给我勇气，赐我智慧呀！”

在父亲离世后几周里，我这个曾几何时在亲戚们眼里手无缚鸡之力、读小说时哪怕看到“火葬场”三个字都要胆怯地合上书本的二丫头，竟然不知不觉地拥有了无限的勇气和力量，将父亲的般般后事一桩一件料理得清清楚楚、明明白白，众人咂舌中惊讶地颔首。

开灵车的师傅是位极有经验的老司机，他教会了我很多事情。比如，这第一炉。

传说中，奈何桥不是桥，是众生在了却尘缘之后必经的“桥”；孟婆汤不是汤，是众生绝断前尘往事必喝的“汤”；这大铁炉不是炉，是众生告别肉身必炼的“炉”。我的父亲，会在一个被清扫干净的“炉”里完成肉身的“涅槃”，而留给女儿的，也必定是父亲完整的没有掺和其他杂质的骨灰。这必然令父亲欣慰。多年以后，回想起那一瞬间，我了无憾意。

“再看一眼吧，因为他就要进去了。”没有被流水线操作钝化了情感的炉工饱含悲悯的话让我刹那间觉得温暖，但很快又坠入冰窖。

父亲被缓缓地推了进去，不知他还是否有觉知，我无法用物理、化学知识去"看见"父亲的燃烧，我的思绪竟然被拉进那样的画面：

找出那只铜香炉，点燃沉香，让我为你讲一个故事。父亲也像那沉香，在那古旧的铜香炉里缓缓地燃烧吗？等这沉香燃尽了，父亲在尘世间的故事也讲完了。

"无伤不香，无风不香。"父亲的话缓缓在耳边响起。沉香是风树痛苦的眼泪，痛苦是沉香之醉人香气的源泉。

世界上没有一种香是不带伤的，譬如这伤痕累累的人生，譬如这从无圆满的无常世间。但是，世界上也没有一种痛苦不是孕育着希望的，譬如，这风树的香。

父亲，早早地告诉我人世间的生死无常，是想让我早一点参透觉悟，对在人世间迟早会经历的刻骨的痛和伤有更好的免疫力。因为，既然世界上没有一种香是不带伤的，那么，伤痛是香的前世，香是伤痛的后世。伤痛是香，香即伤痛。

燃烧后的"父亲"被放在一个炉台上，大部分是粉灰，但也有些许看起来很容易断裂的骨骸。

没有陌生感，还是那么亲切，炉灰的温度似乎是父亲的体温，还是那样温暖。我走近炉台，把父亲的遗骸骨灰一点一点放进方形的盒子里。姐姐和弟弟随后也跟过来。

父亲的骨灰全部收起来正好填满了那个盒子。

亲情和爱，真的可以有如此巨大的力量，驱走了我的胆怯，让我变得如此勇敢和无所畏惧。

我宁愿相信，是父亲在"庇护"着我，是他隔离了那些会让他的孩子们恐惧的东西。

多年以后，每当回想起这第一炉，想起亲手为父亲扫收骨灰的情形，我那无限痛楚的心里，总会涌起些许的安慰和心安。

父亲，他知道。我知道，他知道这一切。

九

父亲离世后，我做过一个清晰的梦。在一片氤氲的雾气里，我懵懵懂懂地走进一所大殿，大殿里回响着唱诵声，那有着韵律的、含着慈悲的、带着神秘的、蕴着莫名伤悲的经文的唱诵声啊……

我虔诚地跪拜着，心被一股神秘的力量攫住，似乎从尘世里游离到一个空蒙的所在，而泪水无声任性地流啊，流啊，洗去了我内心的哀和怨，洗去了我疲惫的累和失亲的郁……

过了许久，那跪拜的膝竟然丝毫不觉得酸疼，而内心的清澈与平静，在缭绕的经声唱诵里升腾、升腾。

恍惚间，泪水将我的视线清洗得清澈透碧。我看过去，看过去，越过明哲师傅站立的身影，在我跪拜的右前方，只觉"见"到这样的幻象：

父亲，穿着深蓝色的衣服，缓缓地站立上升着，而他的两侧，是两位挽着云髻、衣袂飘飘的女子温和地扶着他。他祥和宁静，似乎还回过头来安详地凝视了跪拜的亲人，然后，在圣洁而又神秘的经声中，向上升腾。他的上方，是由鲜花和云朵组成的五彩世界……

那一瞬间，我直觉我的每一个细胞、每一份灵性都已经五体投地，跪拜在这神秘莫测的境界里，不可说，不可说。

平素的父亲，喜欢着洁净的白衬衣，天冷的时候，也只是外搭一件米色的夹克或者风衣。我忽然记起了父亲的寿衣，是我和姐姐选的，正是深蓝的色彩。

……不可说，不可说。

梦醒之时，唯余腮边两道泪痕。

我心里明镜般地感知，这是父亲和我做的最后的"告别"了，此世共同度过36年，父亲给了我父爱的天空。在这片天空下，我是一朵幸福而卑微的云。如果有下一世，是否还能再续父女情深的缘分？

可拭去泪痕，我要说，下一世，我们不做至亲。

我和你，如果再有缘分，做两个同窗好友，做一对推杯换盏的友人，淡淡地相遇，暖暖地相知，彼此温暖，互相愉悦，暖暖地相守又能淡淡地相离。

我们互到彼此的城市，走彼此走过的路，感受彼此的生活，淡淡地相知与相忘，没有刻骨的爱的记忆；我们在长亭外、古道边饮一壶浊酒，各自行走天涯，没有痛彻心扉的离别之伤痕。

……

又见春天，这是父亲离开我们的第15个春天。走在父亲曾经的寓所外面的路上，我的心平和而温暖。

曾经的幼树已然参天茂密，阳光洒在树叶上，风吹来，闪银光……一股若有若无的淡淡的香，在空气里飘荡……

那是路旁的樱花树的味道。这让我恍然想起父亲喜爱的牡丹牌香烟的味道，还有他养过的米兰花的香气……

似乎，还有一股醇香，深深地盘旋在我的心海里，那是风树的香吗？是的，是父亲栽下的"风树"，在岁月的历练中，已然馨香无数……

紫藤·明月

　　四月天，山中雨少，夜夜多朗月，紫藤花也跟随着花的大部队，安静地绽放在每一个明月照亮的夜晚。

　　若说月夜赏花，那首先涌入脑海的、宜与清凉月色相称的一定是孤傲的桂花，譬如月桂；还有高洁的荷花，譬如荷塘月色……很少有人会把紫藤花和月亮联系起来，文学艺术作品里也鲜有，大概是因为紫藤花色之丰满润泽感与月色之清冷孤寂气质有一些违和。

　　那一夜，在半山的桂花园里，亭廊上的紫藤花肆意地、一串又一串地垂下来。夜色悄悄抹去了紫藤花的艳丽，增添了一丝神秘之魅。而月光，在历经漫长冬日之后，明亮得让人心里暖暖的。

　　此刻，紫藤花用润泽、柔美又略带神秘的气息装饰了天上的明月，而明月，用暖暖的余光为紫藤花的容颜涂上了紫红色的腮红……可谓明月紫藤两相宜，月照花来花映月。

　　山中的桂花园里有许多种类的花，紫藤花是第一个张开怀抱欢迎我的花仙子。初见桂花园是在清明前，只见满园的枯藤老枝在木柱做成的廊顶上稀疏地蜿蜒着，分不清是何种花木。我心里想着这园子里最好也有喜欢的紫藤，能和满园子的金桂错落开放。

　　再见桂花园是清明后的二十天，没想到，那枯藤老枝竟然开出了半园子的紫藤花。这一惊喜让我对这紫藤生出来许多偏爱，那些枯藤老枝，怎的如此懂我的心思？

　　紫藤的花期仅有月余，繁花褪去叶繁茂，而后有如豆角一样的绿色果实从叶间密密地垂下来……在一花一叶一果之间，紫藤完成了生命从春天到夏天的流转。这繁花期如此短暂，一个月的花样璀璨，归于十一个月的寂寥，直至冬天的枯藤老枝。

　　然而，紫藤，你的美，已经留在了我的文字里，还有爱你的人的心里。足矣！

爱的"密码"

　　我的儿子——甘露小时候，外公给予他很多的关爱。外公家常会上演这样一幕：我下班后匆匆赶过去，彼时外婆在厨房里忙，外公坐在客厅的沙发上，享用着茶几上的酒菜。在外公宽阔的背和沙发的靠背之间，形成一个小凹槽，调皮的甘露就四脚朝天仰卧在这个小凹槽里。他倚在外公的背上，快乐地玩耍，让人又好气又好笑。每每这时我必定大喊一声："快下来，外公怎么吃饭？！"甘露斜眼一看，十分淡定，若无其事地自顾快乐地玩耍。倒是外公急了，抿一口小酒，赶紧说，没事儿的。为了证明自己真的没事儿，还特意拿起筷子自如地吃菜给我看："你看，一点儿不碍事的。他愿意在上面，那就让他在上面吧！"

　　甘露上小学四年级时，外公生病住院了，我带他去医院看望外公。不久之后，那个世上最疼爱他的外公离世了。我哭得稀里哗啦，但甘露却不曾掉过一滴眼泪，我为此伤心。他回应我的质疑说，去世了就是没有了，没有了哭又有什么用呢？对儿子这种"小庄子"的心态，我惶惑无语。

　　几年后，父亲离去的悲伤在我的心里淡了许多，我自然以为这个"小庄子"也不会记得了，然而，我偶然看到了他的一篇作文《记一个最难忘的人》："躺在病床上的外公十分虚弱，手却用力地攥紧了我的手，仿佛有千言万语要说。作为家族的大外孙，我要完成家族的传承，我要担负起外公寄予的厚望。"

后来甘露选择美国加州开始了海外留学生涯，只是因为加州是外公生前给他讲述最多的地方。出国前几天，他突然提出要和我去遥远的郊外祭拜外公。

在墓前，他用一块全新的小毛巾仔细擦净外公的墓碑，将紫色的干花环用胶带细致地粘贴在墓碑上方，又将鲜花一瓣一瓣撕下来，均匀地洒在墓地上，然后默默地燃起了三炷香……

"妈妈，怎么磕头？"他问我。在我跪拜父亲之后，他虔诚地向外公深深磕了三个头。如果外公地下有知，会是多么欣慰呀！

2006年5月初，我预感病床上的父亲时日无多。而5月12日正是儿子的生日，我非常担心这一天成为父亲的祭日。我跟父亲说，过几天是宝宝的生日。父亲点点头说"我知道"。是的，他知道，他在5月10日离开了我们。我一生中最重要的、最深爱的两个人，一个在5月离开了我，一个在5月来到了我的身边，这两个重要的日子仅仅相隔两天。

这让我因此而感叹人生的缘分。父亲和儿子因为我而彼此联结在一起，但我相信，即使不是因为我，他们之间也有着独特的甚至不为我所理解的联结的密码，这是专属于他们彼此的爱的"密码"。

话说东坡"天真"

民以食为天，百姓只道世间"东坡肉"是好东西，岂不知人的精神也会"饥肠辘辘"。到那时，这东坡"天真"便也是好东西了。

此刻，你"天真"了吗？

今天，你"天真"了吗？

今生，你"天真"了吗？

然而，苏轼是与众不同的，"且陶陶，乐尽天真"，"天真"是"以其无私，故能成其私"的"天长地久"。有人说，苏轼情商虽不高，但却有一派难得的"天真"，故苏轼成为苏轼。

"惟江上之清风，与山间之明月，耳得之而为声，目遇之而成色，取之无禁，用之不竭。是造物者之无尽藏也，而吾与子之所共适。"

他被贬时所作的《前赤壁赋》淋漓尽致地展现了他超然的思想和旷达的情怀。

旷达，是铸就苏轼"天真"的基石，他把人生完全地融入浩然的宇宙与历史的时空中去思考。这种"天真"旷达，使苏轼能够坦然面对现实，投入当下的生活，即使身处困境也能看到美好的事物，做到"此心安处是吾乡"。

人生不如意事十之八九，此心何安，又安于何处？唯有"天真"二字。

用生命吟唱生命

————

　　朴树和许巍都是有才华和灵性的歌手。朴树的《生如夏花》和许巍的《蓝莲花》都是上乘之作。

　　《生如夏花》似乎讲述了生命"来"的故事，使用了第一人称"我"，让人听得满含泪水。"我"曾是宇宙中的一粒尘埃，穿过无数漫长的岁月，终于在人间"睁开"双眼……恰巧你们都在，你们这些让我爱恋的温暖的亲人、真诚的挚友……生命如夏花璀璨……

　　《蓝莲花》是写给西行的唐玄奘的，似乎讲述生命"去"的故事，使用了第二人称"你"。"没有什么能够阻挡，你对自由的向往……"自由是超越了肉体生命局限的灵魂的自由，像一朵蓝莲花，绽放在人生苦旅的尽头。当你低头的瞬间，才发现脚下的路，你是一个行者，一步，一步，朝着心中的蓝莲花跋涉……你的心了无牵挂。

　　当然，这两首歌还有一个共同点——都是能唱进我心里的歌。这两个歌手也有一个共同点——都是用生命吟唱生命的真正的歌者。

月之美

———

宗次郎是日本的陶笛大师，他的很多陶笛曲子都流淌着月亮的映像，尤其是《峡谷吹来的风》……

这几天，暴雨清洗过的岛城美极了。日间的蓝天、白云刷爆了朋友圈，而我却一直等着夜晚的明月。

当夜的幕布开启的时候，白天的蔚蓝和洁白都被夜晕染成了油画。此刻，月如约而至，明镜一样悬挂在油画般夜的幕布上。今夜，天空是月的主场。

"想起一个月光很好的夜晚，我独自站在波光粼粼的野地，听不清任何天籁之音，月亮从星河深处忧郁地注视着我。"

想起一位笔友听到《峡谷吹来的风》之后写下的文字：在这个城市的高楼丛林里，我虽无法寻找到波光粼粼的野地，却循着"峡谷吹来的神秘而清凉的风"，寻到一株古朴的、虬枝纵横的松树。穿过松树探向天空的枝杈，从松针的间隙望向天空的月，它静谧而神秘、悠远而清凉，似乎在用亘古不变的音符诉说着古老的故事……我名之"松间月"。

今晚的月，是一轮弯弯的松间月。月下的松树，被月光照映得尤其俊秀。我一直认为，松间月是都市里能看到的最美的月，有句诗说，"明月装饰了你的窗子"，可我不知，那松、那月，又是谁装饰了谁的"窗子"？

我曾见过山林之月，从黛色的大珠山的山脊线轻盈地跃出，梦幻且带着清明的气质；

我见过太清的水月，在神秘、悠然的气氛中安静地升起，圆润且闪着丰盈的光；

我见过旧金山湾畔的圆月，从伯克利校园的林荫里温暖地闪现，皎洁，似乎触手可及；

我见过休斯敦的明月，高高地悬挂在天空中，清冷，似乎无奈而无言地观照着人世间的悲欢离合；

我见过朋友在挪威拍的北极圈的冷月，高贵，圣洁，透着不染俗尘的空灵；

我还见过……

而我心里的一轮明月，它的清淡抚平了春之妩媚，它的清凉润泽了夏之炎热，它的温润平和了秋之燥火，而它的和煦温暖了冬之寒凉……

此轮明月，无须如东坡"把酒问青天"，却时时在、时时有，只在我的心里，永在我的心里，照亮我的那些没有阳光、被许多暗夜笼罩的时光。

花之禅语

———

我真的不敢自称养花爱好者，但如果有花来到我的生活中，恰巧它又不经意间触动我的某根心弦，我会喜之，疼之，珍之，惜之……

花之根

我曾经在一所军校里工作过。每年这所院校都会有军舰远赴南沙考察，而随航回来的，往往会有那蓊蓊郁郁的竹子、芭蕉、榕树等热带植物。渐渐地，在校园的各个角落里，都有它们袅袅娜娜的风姿摇曳。

我很想要几棵，但又担心拙劣的养花技术对不起它们鲜活的生命，倒不如不要。花房的老伯鼓励我说，养花只需抓住两个关键点：一是放在通风处，二是不浇水则已，浇则浇透。恰好，我的办公室南面有一空地，于是便向要远航的同事流露了这番心思。结果，他们带回来好几株发财树。有人建议我选那盆貌不起眼的，因为"它的根好"。想到荐者是清华大学物理系毕业的，看人看事总有其独到之处，我便懵懵懂懂地信了。

结果，这株发财树真的不负所望，虽然只是被漫不经心地照料，却自顾自地茁壮成长着，且形态多姿：先是由肥绿的叶子组合成一个茂密的球形树冠，酷似"地球仪"；又花开两朵，分居左、右两侧；后那绿如翡翠的叶子从树的底部绽放到树顶，如绿色的"络腮胡子"。

它似乎有了灵性，渐渐成为我的无言的朋友。每每用手轻拂叶面，那整树的叶子便会如"痒痒树"般微微颤动，似乎在回应着我。而每每来了娇气的"花友"，我总是需要它把好位置奉献出去，而这元老却毫无怨言，依旧郁郁葱葱地生长着。

一晃11年过去了，我不得不佩服它的恒久旺盛的生命力，心里也不知不觉浮起对无名英雄——根的敬意。

根之语：万丈高楼平地起，夯实根基是基本。

花之果

在军校的办公室里，我曾养过一盆竹子。竹子最初有十多个节、半人高；一年不到，却长至一人高，二十多个节。这竹子被同事"大冒号"盯上了。自从他随口一句"我就看好了这盆竹子"，"小冒号"便反复游说我将这竹子送人。可我舍不得啊，拒绝之。"小冒号"便想了个两全之策："瞧这竹子快把花盆撑破了，不如分盆吧。"恰好，有一教员的妻子是位园艺专家，我便请她用了半个休息日，如庖丁解牛般，将这竹子分成了两盆。

两盆竹子长势仍然良好，几个月后，都不约而同地从腰间抽出淡黄绿色的穗子，穗子上结满了密实的小颗粒。我请教了园艺专家，才知道，原来这小果实就是传说中的"竹子开花"形成的竹米。

竹子通常是不开花的。据说，只有生存环境发生巨变或者是遇到威胁时，竹子才会罄尽全身的力气开花、结果，结出的果实就叫竹米。竹米很珍贵，故民间常有"凤凰非梧桐不栖，非竹米不食"的说法。竹米实质上就是竹子生命的种子。这竹米可耐严寒、高温，生命甚至长达50年，而一旦条件适宜，等待的竹米便会绽放新的生命力，长出新竹。

不知这盆竹子为什么开花？我还是认真地把这竹米收藏起来，因为那年我正好转业。

果之语：做事一定要保持恒久心，不放弃，不气馁。

花之香

我喜欢把花散放在居室各个角落。那天，婆婆在我家转来转去，突然冒出一句："你这么爱花，为什么没生女孩，生了个男孩？"我一时哭笑不得，只好回她："你没看到吗，我养的都是些不开花的花。"婆婆先愕然，继欣然大笑。呜呼！

所谓"不开花的花"其实就是如竹子、藤萝、发财树等绿叶植物类，我觉得唯有这洁净的绿，才能展现出这类植物风流袅娜的气质。若它们开花，尤其是开了红花，反倒会生出脂粉之气。但对于米兰，却另论。

记得在青岛二中读书时，有个暑期要参加学校组织的实践活动。那天中午，我顶着酷暑奔回家，却忽然闻到一股奇异的香气。爸爸正在侍弄一盆小叶植物，见我讶异，忙说："快来看，米兰的花！"它有花吗？等近了，才发现有状如小米粒般不起眼的小黄花，羞答答地藏在密密的绿叶之间，散发出惊人的馥郁之香。这香似乎把暑热也赶跑了，真正的沁人心脾！

开学后的音乐课，我们学唱了一首歌："老师窗前有一盆米兰，小小的黄花藏在绿叶间。它不是为了争春才开放，默默地把花香撒满人心田。"歌如花，散发着馨香。因此，在那个酷热的夏天米兰散发的清新的馨香，永远印在了我的记忆深处。

香之语：它不是为了争春才开放，而是默默地把花香撒满人的心田。

树有灵焉

　　这株德国米兰，来到我身边有八年了，期间生过一次虫病，几乎离开"树世间"。我用了一个周末的时间，拿出全部的耐心为其细细地剪去病叶，精心地为花枝涂药，认真地修去长了白斑的枝丫……如此反复两回，米兰终于活了过来。

　　而后，它开启了我收获惊喜的时光。最好的是它每四个月就会开出一身明黄的米粒般的花，给我"聒噪"的生活带来许多安静的幽香。近日忙碌无暇顾及，某个清晨忽见许多新花苞密密地凝结在枝头，颇感安慰与喜悦。

　　树懂得感恩吗？米兰用四季的幽香告诉我那答案。

　　那株发财树，1999年随军舰从南沙群岛来到我身边，算来已有20余年。当初我选了另一棵树冠丰满的发财树，一个朋友却指着它建议说，选它吧，它的根好。看着它瘦削的枝叶，我半信半疑地选了它。结果，它在我身边，一待就是20年。在我眼里，它早已不是一棵树，而是我的老树翁，陪伴我，安慰我，护佑我……

　　它也具有了和我"对话"的能力，不，是我拥有了和它

"对话"的能力。它以叶枯叶荣、茂盛与凋零、枯黄与碧绿……形成不同的树语，告诉我过去、当下和未来演绎的生活故事的旋律和基调。

　　树懂得知遇之恩吗？发财树已经用20余载的陪伴告诉我那答案。

　　那株银杏树，真真长成了原子弹爆炸的模样。1400年前，它被一个叫李世民的人种在了西安的观音禅寺。每年11月中旬，游人排队三小时只为了见一见这位银杏界的"老祖宗"满头黄发的模样。1400年，观音禅寺和它相伴守望……

　　树有灵焉？银杏树用跨越千年的传奇告诉我那答案。

空山寂寂

————

元人汤垕有一段话：看画好像看美人，不能看外表的漂亮，要看它外表之外的风骨。

看画和看美人一样，一见即佳，渐看渐倦的，可称之为能品；一见平平，渐看渐佳者，可以是妙品；初看艰涩，格格不入，久而渐领，愈久而愈爱的那就是神品了。

而黄宾虹的这幅关于山的画大概就是这最后者了——堪称神品。

初看此画，看山不是山，只见画中山兽林立，怪异嚣张，定睛望去，似乎还能分辨出那些山兽人形的身躯。哇，颇有《西游记》里那种有妖怪出没的野外山石处的味道，缺少足够勇气的人断不敢住在画中描绘的那种地方吧。

待这第一眼的惊吓过去，再定睛一看，尤其是将整个画面纳入视野，却发现妙处。原来这山石的怪异，代表着一种流动，一种有共同方向的流动。对，那是风，是山中吹来的风，当山中的树木随风舞动之时，那山中的石啊，也与树木一起，在风中舞之，蹈之……

当整座山流动的美在这墨色的画面里流淌时，一幅静态的画充满了动感。你看到山的生命了吗？山的生命在四季的风里。在春天的微风里，山轻轻地被唤醒；在夏天的晨风里，山惬意地沐着凉意；在秋天的长风中，山肆意地招展着身姿；在冬天的狂风中，山不羁地摇摆着身躯……

此时，赏画的人又在哪里？记得王阳明的看花论吗：我来到山里看花，此时，花与我的心一起明白起来。是啊，我来到山里看画，此时，山与我的心一起明白过来。我的心就在这山里，它和山石、山风、山的生命……都是山的一部分；而那山石、山风、山的生命，也一同和我的心，在这"空"的山里寂寂地舞蹈，随风鸣唱着一首千年的古琴乐——《空山寂寂》。

长月光

今天是中秋节。

和姐姐一起陪同老母亲游玩。姐姐打开手机，给老太太看几个小外孙女的抖音视频，活泼泼，娇嗲嗲。

没想到老太太扬头看我："我想看看你的儿子。"于是乎，接"圣旨"，发微信："速来视频，姥姥要约见你。"然后，想到大洋彼岸的时差和儿子的倔强独立，不再念想。

一小时后，微信视频提示音响起，打开接听，画面中出现一"美女"，长长的斜刘海，齐肩的碎发，笑意盈盈。

哈哈，哪里来的美女？一时愣住。美女开口一句"妈妈"，哇，原是远在加州的甘露！再定睛一看，加持了碎长发的脸，像极了20世纪80年代的男明星，又像一位极具现代气质的青春女孩。

旁边的老太太一瞅，冲我说了一句："这个美女长得太像你了。"哈哈，这是在夸我是美女吗？

从2020年3月加州有"新冠"疫情开始，儿子一直在硅谷居家工作，头发也长了大半年，一个帅哥长成了"美女"，这也算是避疫的额外收获吧。

姐姐冲着屏幕大喊："你太棒了，在公寓里一个人宅了大半年，竟然依然淡定如菊啊，要是你小姐姐的话早就吵嚷了。你如此能稳住，就是能做大事的人啊。"

想想加州，疫情、地震、山火叠加也是史无前例。能在那里活出滋味、活出境界来，也是人生一大阅历。

……

今天是中秋节。

今晚有中秋晚会。

今晚的中秋晚会上有歌唱月亮的歌曲。

当打开电视的时候，我想延续白天的心境，有一个轻松的夜晚。但当我听见那悠扬入心的"游子在月下，亲人在心中"的歌词时，我知道，我躲不过今晚的眼泪了，又有多少依然身居海外的留学生的爸爸妈妈同样躲不过今晚的泪！泪光里望月，那"月光却被这思念越牵越长，越牵越长"。

于是，这篇小赋的名字便取为"长月光"。

那一切的欢乐、思念、祝愿、忧伤、泪水……也都轻轻地、轻轻地融化在这长长的白月光里了……

这月光，越来越长，越来越长……

飘在脸上的"小星星"
——写在母亲节

那夜，月朗星稀，月色尤其皎洁。三岁的儿子突然仰起小脸："妈妈的脸像飘在天上的月亮。"

"那妈妈脸上的雀斑呢？"

"像飘在脸上的星星。"

这则美丽的、充满童趣童真的对答被我记录在他的成长日记里，更记在我的心里。

在孩子的眼里，母亲永远是世界上最美丽的女人。因为爱，所以会发现所爱之美。即使是"裂缝"，那也是阳光照进来的地方。

爱我们的人教会了我们怎样接纳和爱自己……而我的"星星"被有趣的童言赋予了童话的色彩。我看着它们，回忆着这些"星星"是怎样穿越星云来到我的世界的。

有些"星星"是光阴的使者，光阴在脸上写满了故事，它们是故事里的标点：是调皮的逗号；是稳重的句号；有时候，"有些故事还没讲完那就算了吧"，那就是省略号了。

有些"星星"是太阳的使者，在你大汗淋漓登上秋天的山巅时，在你被汗水浸润奔跑在夏日的骄阳下时，阳光会在你的脸颊上精致地"打卡"，给你无数个金色的小小的印记，证明你曾经是它的金色客厅里尊贵的、健康的客人。

有些"星星"是命运的使者，它们带着某种神秘使命来到你的脸颊上，人生之路就像一个九曲迂回的迷宫，而这些小小的"星星"就是一个个神秘的指示符，指引你像行者一样用不倦的前行去揭开人生神秘而有趣的旅程。

那些"飘在脸上的小星星"啊，是我知道的一个孩子对母亲之爱最诗意、最纯真的表达。

我一定是"见"过你的

几万年前，你是深海里的一条鱼，游过我的身边。而我，是一颗沉默无言的小小玉石，却有着斑斓奇异的纹路。

我的身边，环绕着水草，那些长长的绿色的枝条儿摇曳在这幽深的海底，形成一个静谧却又活泼的所在。

你喜欢在我身边的水草里游弋。有时候，你会盯着我身上的斑纹，看啊，看啊，你无端地欢喜着，游弋在我身边。

你出去觅食、巡游，当受伤、疲累的时候，你喜欢回到我所在的海底，偏于一隅，安享你的宁静，恢复你生命的能量。而我，总是无语。

是海啸，是海床的剧烈动荡，使你失去了安静的小乐园，你找不到我了。在波浪中，你带着无法摆脱的忧伤，游向了更深邃、更广袤的海域。

而我，历经了海的动荡和劫难，突然变得闪闪发光，有了灵性。我从幽深的海底浮起来，荡漾在海面上，与一群鱼儿嬉戏。

有一天，我遇见一艘船，喜欢上了船上的男子。而男子安静地盯着我和那些鱼儿，看我们欢乐地在浪花中追逐。

终于，有一天，我从海中掠出，历经万难，幻化成男子的女儿。

而深海里的你，在波涛诡秘的大海里挣扎、成长，历练至臻，造化无限。终于有一天，你累了，遇见一片海滩，觉得莫名的亲切。岸上不远处，有一块残破的碑柱。不知道是被什么力量牵引，你游上了岸。你是想把生命里"无法摆脱的忧伤"刻进那碑柱吗？

　　是的，"我"是见过"你"的，那个"我"是我，那个"你"是你。所以，冥冥中的牵引，无端地信任，无端地喜悦，无端地忧伤……

　　是的，"我"是见过"你"的，那个"我"是我，可又不是我；那个"你"是你，可又不是你。所以，莫名地讶异，莫名地迷惑，莫名地感叹……

是谁，打开了一把锈迹斑驳的锁

那是一座小小的花园，孤傲、冷峻地矗立在喧哗、拥挤的闹市巷口。它四周的围墙是用灰白色的水泥铸成的，高大、厚实，反倒激发了人们的窥视欲；朴素、神秘，愈加引发了人们的揣测欲。

春天，围墙顶部会有一丝绿藤，优雅地越过墙头，将鲜浓的绿意肆意地开在微风里；而在夏夜，间或有晚归的人儿，会在月光里被隐约的桂香沁润了心脾……

总有一些探究者，想越过灰白的泥墙，看看里面的风物。但绕来绕去，那四周的围墙，足高，无从攀缘；足厚，无从打探。唯一的两扇墨玉色的铁铸的门，紧闭着。门上，一把厚重的金色铜锁，已是锈迹斑驳。没有人知道它的钥匙在哪里，也没有一个锁匠师傅可以撬开这把锁。人们揣摩着，交谈着，好奇着，也无奈着。

久之，久之，这把锈迹斑驳的锁、这沉沉的紧闭的门、这四面厚厚的水泥围墙……和这喧哗的闹市竟合成了莫名的一体。它以独特的静默平衡了闹市惯有的喧哗，人们竟习惯了巷口拐角处这一宁静抑或带着神秘的存在……

终于，有一天，一个来自远方的行者来到这闹市的巷口。在拐角处，他驻足，思考，间或发出一声声讶异的惊叹——那墨玉色铁铸的门啊，上面镌刻了经年累月的风霜留下的斑驳，他却分明看见了那一行行钟情岁月的音符；而锈迹斑斑的铜锁啊，在行者的眼里，成了一段段伴有梦幻的童话。

这个幸运又奇特的行者虔诚地立在门前，鸣唱着他看见的音符，吟诵着他读懂的诗篇……那音符，那诗篇，仿佛是从他自己的心与灵之深处飞出的，如此迷幻，又如此美妙至极……此时，如芝麻开门：锁，悄然而开；门，悄然而启。他奇迹般地走进神秘的花园，竟是景色清雅，花木幽奇，水流清澈，清香四溢……行者沉醉着，全然忘了那锁因谁而开，那门因何而启？

是谁，打开了一把锈迹斑驳的锁？又是为何，打开了一把锈迹斑驳的锁？没有人知道。

每一朵花儿知道，它们随风起舞，等待着谁的欣赏。

每一缕清风知道，它们轻姿曼妙，等待着谁的吟唱。

每一只鸟儿知道，它们快乐鸣唱，等待着谁的深情。

每一寸土地知道，它们焕发生机，等待着谁的深耕。

红装·戎装

———

　　穿军装的女人，往往会成为街道上流动的风景。的确，无论是在军营外还是在军营里，女兵是占尽风流的戎装丽人。可那一年，当我怀着对这美丽浪漫的军旅生涯的憧憬，一步跨进军校大门时，未曾料到，18岁的选择竟让我如此沉重地踏进了泪水与汗水交织的人生历程。

　　如今，我也由当年的那个长发白裙、总爱在诗里寻梦的小女孩成长为一名能在"金戈铁马"中挥洒人生的职业女性。这一段女人最灿烂的时光应该是花，是梦。而于我，却是校练场上炙烤肌肤的烈日骄阳，是夜行军中将背压弯的超重的背包，是与花裙子、化妆品永远道别的伤感与失落，是握着菲薄的薪金在精美的物品前踯躅流连的渴羡与无奈。

　　军队的属性与女人天性的相悖，注定了走进军营的女人曲折的"蜕变"过程。很难说在这一过程中，我的情感防线没有被动摇，可在最后，我却勇敢地道出一声"不"字。因为，我是军人。由此，我才发现多年军营生活的熏陶其实已在我内心积淀了军人最宝贵的品质——忠诚与坚韧。也正如此，才让我在这个日益飞扬浮躁的世界里保持了冷静清醒的头脑，也才让我在这个商品经济的社会里拥有一份可贵的纯真与洁净。

　　风和日丽的日子里，那满树的绿叶会因积了尘而绿得灰暗；而多雨多风的季节里，那满树的绿叶却会因为风吹雨淋透出一种蓬勃的、蕴含着生命力的鲜绿。

　　叶如此，人亦然吧。

《诗经》之美鉴

————

　　《诗经》是中国第一部诗歌总集。在我看来，它更是一部关于植物的诗歌，在对134种植物的浅吟长颂中奠定了丰富的审美基础，这些审美意象至今仍影响着中国的文化、语言、绘画、哲学等领域，甚至影响着人们的日常生活。

　　例如，舜（木槿花）在《郑风·有女同车》中指女子美丽的容颜；《有梅》中以梅来指女子青春的流逝；而芍药则通常在男女离别之时相赠，表达缔结良约的意思，是中国的"玫瑰花"；木瓜则作为男女爱情的信物（《卫风·木瓜》）；而匏，也就是葫芦瓜，在《邶风·匏有苦叶》中是男女爱情的帮手；甚至于药材唐（菟丝子），因为其是藤蔓状的寄生植物，需依附于其他植物生存，而被用来比喻夫妻间相互依附的关系；有趣的莠（狗尾草）则因为长在庄稼地里，被当作恶草，用以比喻人没有出息，不成材。

　　值得一提的是，《诗经》里的一些植物，如唐（菟丝子）、蝱（川贝母）、蓷（益母草）、杞（枸杞）、艾（艾草）、莫（酸模），大都与女性有直接的关系。特别是艾（艾草），后来更是与屠呦呦结缘，缔造了一个诺贝尔医学奖的传奇，甚至让屠呦呦被BBC提名为20世纪最伟大的科学家之一，与爱因斯坦并列。

"情动于衷而形于言。"古人在日积月累的生产劳动中把植物当作情感的载体，将他们快乐、悲哀、忧愁、苦闷的心情借植物优美地表达出来，所以《诗经》在某种意义上奠定了中华民族的审美基础。

从语言层面上看，《诗经》的审美趣味更是鲜明。譬如写女子之美："关关雎鸠，在河之洲。窈窕淑女，君子好逑。"这可是民国时期很多著名情书里的经典词句，中国有很多家长为给女孩子取一个极具美感的名字，也都是从《诗经》里找呢。

《诗经》大都是描述女子之美，但我却从里面"翻"出了一首写男子（君子）之美的趣文："瞻彼淇奥，绿竹猗猗。有匪君子，如切如磋，如琢如磨。瑟兮僴兮，赫兮咺兮。有匪君子，终不可谖兮。"这首诗赞美了卫国的一位君子，德容庄重威严，秩然不乱。"眺望淇水岸弯弯，绿竹葱葱映两岸。文采风流的君子，如同象牙经切磋，如同美玉经琢磨。矜持庄严貌威武，光明正大胸磊落。文采风流的君子，永记心中永不没。"

有趣的是，它竟用"如切如磋，如琢如磨"来形容君子如象牙般高洁、如美玉般通透的内外之美。不知这是否是现代语境里的"切磋、琢磨"的源头呢?

我们继续"切磋、琢磨"。且不要以为《诗经》离我们已有2000多年，是那么遥远，其实它与我们的现代生活也如影随形。

"新冠"疫情在中国初起时，国际友人在捐赠的防疫物资包装盒上写下"岂曰无衣，与子同袍"，其内蕴的情谊和令人感动。

这个句子来自《诗经》里一首描述战争的诗歌《秦风·无衣》，"岂曰无衣？与子同袍。王于兴师，修我戈矛。与子同仇！岂曰无衣？与子同泽。王于兴师，修我矛戟。与子偕作！岂曰无衣？与子同裳。王于兴师，修我甲兵。与子偕行"。连残酷的战争都写得这样富有美感，《诗经》堪称"审美祖师"。

我在客厅里放置了一瓶芦苇之花——芦花，常有客人不解此"风情"美感。其实如果念一念《诗经》里的句子："蒹葭苍苍，白露为霜。所谓伊人，在水一方"，大家肯定都觉着美，殊不知在后来文字的发展中，"蒹葭"被改称为芦苇花。很多人不知眼前的芦苇花就是《诗经》里风情的"蒹葭"，即便知道，念成"芦花苍苍，白露为霜"，其中的十分意趣也就去了七分。

戎装丽人的爱情

无论是在绿色围墙外的"大千世界",还是在绿色围墙内的"男人世界",职业戎装丽人——女军官似乎占尽"物以稀为贵"的风采。一身笔挺的军装使她们比一般女子多了一份风流,多了一种神圣,多了一种迷人的风采……然而,洗褪表面的华彩,却会发现女军人毕竟是女人,她们同样具备天下女人共有的特点:敏感、娇嫩、温柔以及内心忧虑的低排遣能力……

可是,为了祖国的和平与安宁,也为了心中那份神圣的期盼,一位位女子舍弃华丽,远离市嚣,走入这绿色世界。那么,神秘而浪漫的军旅生涯带给女军官的是什么样的爱情呢?作为一名女军官,笔者采撷了其中的几朵浪花。

军队赋予女人以刚性,但这份刚性磨蚀了男人们所需要的如参天大树般伟丈夫的感受吗?!

樱,人如其名,笔挺的军装勾勒出青春曼妙的倩影。樱的爱人,一位地方高等院校的助教,曾这样描述他最初的爱情萌动……

一位娇巧靓丽的女中尉沐浴在操场上的秋日阳光中。从她的朱唇中飞出的一串串掷地有声的口令令数十位女兵静如处子、动若脱兔，而她的潇洒与英气令人赏心悦目、催人奋发。

助教几番"历经苦难，痴心不改"终于攫住了樱骄傲的心，将于要加入"光荣军属"之列了。

皎洁的月光倾泻于室内，我静静地听樱娓娓地诉说着她的爱情故事。

"我认定我们俩天生就是属于彼此的，他说他是个性格婉约的人，需要一位像我这样刚强、干练的女性做伴，互谐互补，共度人生。于是我便时时处处、无所顾虑地充分表现着自己的刚强。"

多年带兵的军旅生涯，早已使年轻的樱过早、过多地学会了刚强与坚韧，而女人柔弱的天性被深深地埋在心灵的角落中，被一份淡然的微笑取代。

"终于，有一天他对我说：'我们分手吧，真没想到你会如此坚强，你使我相形见绌，作为一个男人，我在你面前显得太软弱了。'

"我伤心极了，是的，从恋爱到结婚，我从未在他面前流过泪，也从未在他面前犹豫不决。我咬牙挺着，精神上的苦闷我也从未向他吐露过。而此时，在莫大的痛苦面前，我所有的刚强与坚韧一层层剥落了，唯独剩下一颗深感痛楚的心！"

她接着诉说，月光似水。

"我当时猛地扑到身旁的一棵大树上失声痛哭起来，哭了很久，很久……等我哭完抬起头来时，却发现他用异样的眼光看着我。他接下来的话真让我哭笑不得。他说：'真没有想到你也有流泪的时候，不过，我很高兴，因为，我开始觉得你也是一位会伤心、会痛哭的女人了……'"

我听后默然。

是啊，军队赋予了女人刚性，但这份刚性磨蚀了男人们所需要的如参天大树般伟丈夫的感受吗？

临走的时候，我再一次握住了樱的手，心中充满了祝福！作为同龄的女军官，我衷心地祝她在成为一名优秀军官的同时，也能成为一名优秀的妻子。

· 言情篇 ·

那一片令人迷恋的土地上有她纯真的初恋，有她深深爱着的人，可是，这一方热土上却有她——一名女军官对祖国母亲的崇高承诺……

上天慷慨地赐予慧北国少女青春、高挑的身材，又赋予她南国少女温婉、灵秀的气质。慧与她的白马王子峰是高中同学，同窗共读中，彼此渐渐萌生了一份朦胧的感情。两人携手走过"黑色七月"后，慧带着一分浪漫、一分好奇进入了军校，峰却考入了清华园。身在军旅的慧别有一番风韵，深深地吸引着峰。而峰的博学、宽容大度总让已成为女军人的慧有一种小鸟依人的感觉。

漫漫相思路，两颗爱慕的心执着地跋涉着。

光阴荏苒，转眼四年过去了，峰以优秀的成绩被选送美国攻读硕士，而慧留在了直线加方块的军营，成了一名女军官。

峰从大洋彼岸飞回来。他请求慧和他一起去美国构筑爱巢。慧迷惘了，那一片令人迷恋的土地上有她纯真的初恋，有她深深挚爱的人，可是，这一方热土上却有她的事业、她的追求，有她——一名女军官对祖国母亲的崇高承诺。

慧说："我不想当逃兵，这方世界里有我的事业与生命的根……"

峰为了挽留初恋而进行最后的劝说。

"脱掉军装，做我的妻子！"慧用生命爱着的峰执着而恳切地说。

然而，从慧那噙满泪水却依然美丽的双眸里，他读到了一份无奈、一份痛苦，还有一份执着……

慧最终拒绝了峰——她的真挚的初恋，而留在了军营。

慧终于讲完了自己的故事，而我依然沉浸在她带给我的那份淡淡的忧伤中……

慧说，她无怨无悔。"两个人相爱，不就是为了让彼此的生命更丰满、更富内涵吗？诀别可以让我承担起对军人职责的承诺，可以让他拥有更好的条件去成就事业，这不也应了爱情的主旨吗？"

我知道，这是慧在痛苦浸润中升华了对爱的诠释……

按"市场定律"，炜的丽质似乎与"先锋音响""新画王电视"更相配，然而，从炜溢满幸福的双眸里，我却读到了炜的富有……

炜是一所军事院校里的女教官，天生带有一股浓浓的忧郁气质。忧郁的炜从不相信一见钟情式的瞬息情感的交融与承诺，更不习惯基于财富、地位、相貌等因素的"匹配"。炜坚信真正的爱情是两颗心循序渐进、丝丝入扣般的契合。

炜的这种"量变"爱情理论，注定逃不过身边的男军官的"围追堵截"。

听说炜与男军官司终于筑起了爱的小巢——从简陋的单身楼搬至一间不到16平方米的小屋。暮色笼罩校园的时候，从那扇泛着橙红色灯光的小窗里，时常飘出悠扬的琴声与悦耳的女声低吟——那是炜夫妻的"妻唱夫弹"。

终于，在一个晚上，我敲响了炜家的门……

简洁的床、"玲珑"的冰箱与电视，还有一架造型优美的电子琴。

"很清贫，是吗？"炜似乎察觉到我眼里的一丝惊讶。

是的，按"市场定律"，炜的丽质似乎更应等价于"先锋音响""新画王电视"，然而，从炜溢满幸福的双眸里，从写字台堆满的专业书籍上，从小屋所透出的温馨情调中，我读到了炜的富有。

"炜，房子+爱=家，是吗？"

炜笑了。炜说，她亦有心理失衡的时刻，走在琳琅满目的大街上，虽然一身戎装为她吸引了许多的视线，然而，面对精美的时装、高雅而精致的饰品，炜常抑制不住内心对美的深深的渴望……

炜的细微情绪变化都逃不过朝夕相处、相濡以沫的爱人的眼睛，爱人读懂了炜的心。

那一日，囊中羞涩而颇富才智的他忽然"筹措"了几十套时装与一架高级相机。在绿草如茵的美丽校园里，炜披如云长发，轻妆淡抹，或纯情如少女，或飘逸如仙子，或高贵如少妇……炜终于淋漓尽致地"宣泄"了对美的渴盼……

炜告诉我，当她沐浴在爱人浓浓的爱意里时，当她细细体味爱人的性格魅力时，当她看到夫妻二人数十个不眠之夜合作的科技成果获奖时，常感到自己其实拥有着不可估量的精神财富！

是啊，在爱情渐被物化的今天，炜在她的世界里找回了多么宝贵的财富啊！

女人，当她们走进军营成为引人注目的"戎装丽人"时，也同时走进了"戎装"的感情世界……

纪行篇

大珠山斗草

淡荡春光寒食天，
玉炉沉水袅残烟。
梦回山枕隐花钿。

海燕未来人斗草，
江梅已过柳生绵。
黄昏疏雨湿秋千。

——李清照 《浣溪沙·淡荡春光寒食天》

"哇，太漂亮了，谁替我系上的五彩线？"

"什么呀，我这只蝴蝶刚要落在栀子花上闻香味呢。赔我的栀子香。"

我咕哝着醒来，一脸懊恼，栀子花和米兰花的香都是上品，香而不腻，清而不淡。我真切地梦见自己成了一只摇曳着翅膀的彩蝶，刚刚驻足在栀子花肉肉的白色香瓣上。

"哈哈，你又开始说痴话了，看你生了个林黛玉似的弱不禁风的小样，可说起话来整天和呆宝玉一样不着边际。"姐姐毫不留情地调笑我。虽是姐妹，可她生得敦实端庄，而我生得细巧袅娜。爸爸说，这是她先我一步抢了母亲体内先天的营养的原因。可我心里却暗喜，庆幸她抢了那一副健康却敦实的"土气"的骨相，我宁可要自己这一副单薄却又轻盈的细巧，就像奶奶说的，"这小琪儿看着就像天上的小仙女，你看看这小巧巧的脚，简直就是三寸金莲"。就因为这"三寸金莲"，每每爬上奶奶的炕，我都要万分小心，生怕一不留神被奶奶捉去。她总是手脚极为麻利地解下长长的蓝色裹脚带，将我的小脚丫毫不留情地裹成长长的蓝粽子。

"你才呆呢，"我揉了揉朦胧的双眼，定睛看一眼姐姐手腕上的彩绳，脱口而出，"什么五彩线，明明是六彩线。"

"对啊，今天是端午节，都是系的五彩线，哪有六彩线。"姐姐不屑一听。

我伸了个懒腰，发现自己右手腕上也同样系着彩线。

"你看，除了青色、白色、红色、黑色和浅黄色的线以外，还有一根金丝线呢！"

"咦，真的是一根金丝线呢！"

"哈哈，都起来了。这可是你们的娘趁你们熟睡时编好的端午节红绳啊，专门用青、白、红、黑和黄色线编成。这五种颜色从阴阳五行学来讲，分别代表木、金、火、水、土。同时，分别象征东、西、南、北、中，蕴涵着五方神力，保佑吉祥，祝愿平安啊。这里面的金线可是你们的娘专门派我去镇里用她的一枚姥姥给的戒指打造出的金丝线啊，和五股线串在一起，寓意金榜题名！"爸爸笑盈盈地一边挑开门帘走进来一边说。

"你看，我是火眼金睛吧，一眼就看出六股线！看你以后还敢不敢说我呆。"我斜了姐姐一眼，自个儿在爸爸面前娇情起来。

"哈哈，哪里有呆子啊，呆子是猪八戒啊。我的两个冰雪聪明、美貌无比的丫头，等着你们去给我挣俩女状元呢！"爸爸大笑着。

外面的母亲喊起来："快起来吃粽子，今天爸爸带你们去大珠山斗草。"

"哇，哇，哇！"我们高兴地一骨碌窜下了炕，"真的吗？牛儿小，牛女少，抛牛沙上斗百草。"我快乐地喊起来。斗草是我们儿时在端午前后玩的游戏，放牛的少年、少女，让牛去自由吃草，而他们跑到沙滩上头顶头，欢快地比斗草物，不胜欢乐。

有古俗认为，五月为恶月、毒月，必须采集百草来解厄，以渡过难关。百草中的艾草、菖蒲等，可编为人形，钉于门上，用以消除毒气；挂五色索于儿童颈、臂等处，可保百岁无灾，因称"百岁索"。百岁索也以百草编制，人们到郊野采集百草过程中，娱乐式的斗草游戏就会很自然地发生，并随着历史的发展逐渐演变为节期的民俗。

人生宛若四季。少年时光，如那娇艳的柔软的春，让荒芜了一冬的田野萌出动人的鲜嫩，充满着生命的气息，散发着泥土的味道；如那清纯诱人的迎春花，娇艳欲滴；如那沐浴风中的三色桃花，其色灼灼，姿态玲珑。

那一年，我14岁，姐姐17岁，正是既能品尝骑竹马的欢乐，又生有寂寞女儿香的豆蔻年华。爸爸约了他的儿时好友、现为小学教师的华老师一同前往大珠山。华老师带着与我们年龄相仿的两个女儿——绿肥和红瘦。只这两个名字的不同凡响，便足见华老师的文人风采。

华老师祖籍山东章丘明水镇，宋朝时出过绝世才女李清照，这日日被华老师挂在嘴上，连初入学校半载的一年级新生也能朗朗熟诵："自是滋润这枯燥流年，自是惊艳这庸俗红尘，直留下荡气回肠，响彻云霄的千古流芳的词句。"念诵的时候，自然要搭上一番华老师惯有的摇头晃脑、咬文嚼字的姿态，仿佛鲁迅先生三味书屋里的老先生。能请到华老师和他的两个女儿自是爸爸的一番苦心。只是这从千古流芳词句里取来的名字"绿肥红瘦"让人忍俊不禁。

"'知否，知否？应是绿肥红瘦。'这原本是清照先生经典的《如梦令》。可是，偏偏这叫绿肥的大女儿生得纤弱细嫩，而叫红瘦的小女儿却是膀大腰圆。"

"哈哈，不如改为绿瘦红肥。"我一愣，突然大笑。

"就是嘛，那红花都是开得肥嘟嘟的，绿叶自是纤细低调的陪衬啊！岂不是绿瘦红肥！"姐姐自有她的解释。

不想我们的调笑被准备行囊的爸爸听了去，他站在门口大喊道："知否，知否？只有这天将蒙蒙亮时出发，我们才能在溪水煮茗处斗草，至珠山秀谷处赏万亩杜鹃，赴帽子峰寻觅徐庶仙迹，而后至灵山岛访问石秀才啊。还不抓紧，迟一步都不得啊！知否，知否？两个小祖宗。"

一旁在灌水壶的姐姐忙不迭地催促我道："啥时候了，怎么还找你的《红楼梦》啊？一会弟弟醒了，他要是闹着去，你愿意在爬山的时候背个拖油瓶？"

"就好，就好。"我一边敷衍着，一边哗啦啦翻着书，还好找到姑娘们斗草的一节，便暗暗熟记于心，想着自己这高才生，万万不能被那两个章丘的才女斗得"晕菜"。我的小伙伴们一致认为，除我李大才女外，章丘只出大葱，不出才女。那才女只是华老师卖瓜，自卖自夸了吧。不过，战略上藐视归藐视，这战术上还是得重视啊。

"可是《红楼梦》中的斗草也就只有不多的几样花草，真枪实弹还是要靠随机应变啊。再说，你用红楼梦的，要是被华老师识破了，不得落个抄袭的罪名啊。"姐姐一旁调笑道。

"宁可被斗煞，也不能被吓煞。"想起整天钻进书橱里咬文嚼字又极其较真儿的华老师，我一把把《红楼梦》扔进抽屉里，做豪气冲天状，道："本姑娘乃妈妈老师的高足，怎能怕了章丘那两小丫头，绝对原创。出发！"

我们三人在路口与华氏三口汇合，晨曦中，六人兴奋地踏上珠山之旅。四个丫头兴奋着，激动着，神秘着，似乎还有一丝少年好斗不言败的勇气和豪气在彼此间盘旋着、运筹着。

经过半个多小时的田间奔走，我们终于在穿越无尽的原野之后，看到了被黛色的起伏的山峰勾勒出的天际线。

曲线永远是最美丽的图案。如洗的蔚蓝的天空中，飘着被春天的风儿吹成一丝一缕的白色的云线，那无数的细细柔柔的云线，就这样随着风不断变换的方向肆无忌惮地布满了整个天空，柔柔的，却又张扬地在天空中飘荡着。然而，这还不够美丽，直到那黛色的起伏的山脊线突然撞进我们的视野，在这样蓝白相间的天空里画出美丽的曲线。

"哇，好像许许多多的抛物线啊！"绿肥第一个喊叫起来。

"妩媚青山在我手，我心跟着青山走！"第一次见到这样俊朗高耸的山，我的诗情突然迸发出来。

"不愧是春来飞红第一山啊！你们看见山谷里隐约透着的大

片绯红的色彩了吗？那就是开遍整个山谷的漫山遍野的杜鹃花！果真是春光涤荡啊！恰如李清照诗曰，'淡荡春光寒食天'。"华老师三句话不离李清照。

"可是，你看，你看，这山上的云雾好浓好厚啊，'淡荡春光寒食天'分明要改为'淡荡春光藏云间'啊！"我忽然想逗弄华老师的"清照癖"。

"哎，又调皮了。还得感谢你们华老师啊！还是他说起来李清照所处时代的女子都是身藏闺房，恪守封建妇道，但在寒食节这天被准许踏出闺房，可以到广阔的天地间和同伴一起嬉戏玩闹。这不看到你们几个都在复习备考，虽没有身藏闺房，也是身陷书房啊，看这春光明媚，我和华老师才有了这次出行计划。"

"唉，不妨不妨。出了教室，都是大小朋友，让孩子们今天彻底放纵、放松一次。待会儿我们还要看你们斗草呢！那可是斗力、斗智、斗慧啊！我看这海琪果然了得，她一眼就看出这珠山非同凡响的云雾，山不在高，有仙则名。珠山之名不在仙，就在这云和雾。"华老师哈哈大笑，冲我跷起大拇指。

"谁没看出云雾啊？"一旁的红瘦和我年纪相仿，噘嘴吃起了无名醋。"可是'淡荡春光'为什么要改为'藏云间'呢？你们看，分明是云雾拥着花朵，花朵浮现在云雾里，云雾把花儿衬得更加绰约多姿，花儿给云雾染上了花的色彩和芳香，使人分不清哪是灿若云霓的鲜花，哪是艳丽如花的云霓。"

"哈哈，好伶俐的口齿啊，出口成章。我看这红瘦不只有你当年的风采，而且分明青出于蓝而胜于蓝啊！"爸爸着力表扬着红瘦，而且把"分明"故意加重了语气，这是爸爸的幽默。

走在我旁边的姐姐咯咯乐起来，她附在我的耳旁，道："你看，他们家啊，红的绿的都有了，这会儿又有了一个蓝爸爸。"

"还笑呢！草还没斗，就开始斗嘴了呢！"我咕哝着。

"就知道你这争强好胜的小性子又来了，连课间休息玩沙袋输了你都记好几天。"姐姐揶揄我道。

"友谊第一，比赛第二啊！"唉，即使我们姐妹俩对个眼神，爸爸也总能见微知著，发现我们的"小九九"，他果然做起思想教育工作来。

"疑怪昨宵春梦好，元是今朝斗草赢，笑从双脸生。斗自然要分出胜负来，那才叫有意思啊。连古人都说，这斗赢了，那脸上才真正笑得灿烂啊！疑怪昨宵春梦好，春梦一刻值千金，也不及斗赢一瞬间啊！"华老师果然较真儿尤胜于我。

"爸爸，你又改诗了，分明是春宵一刻值千金嘛。"绿肥嗔怪起来。

"少女思春脸颊红，低头看鞋遮羞容。哈哈，啊……"姐姐突然冒出句打油诗，羞得绿肥面颊绯红，跑过去追着姐姐厮打，姐姐却机灵地闪开。素以善巧各种农活儿的姐姐在这田野里奔跑起来，绿肥自然追得气喘吁吁。

见这两姐妹闹腾起来，爸爸和华老师先是一愣，继而大笑起来，我们也跟着欢乐地畅笑着。

众人一行说着、笑着、闹着，不觉间，已经来到大珠山脚下。

说话间，众人已经行走在石门涧的绿荫小径上。

这石门涧，群峰环绕，气象万千。抬头远眺，远处云烟缭绕之处，五座黛色山峰成环状排开。

"三峰为庵，五峰为寺，所以大珠山自然要有这石门寺！苍天造化神奇啊！"爸爸叹息道。

"是啊，更奇的是这天佛石！你们看，不仅形神兼备，而且端坐中间峰巅、涧之主轴上，俯视苍生，令人油然升起膜拜敬仰之心啊！"华老师说话间，已是倒在地上跪拜。

"哎呀，斗草否？拜佛否？"红瘦又急了。

华老师跪拜，站起，仍是儒雅之语，"咿，念天地之悠悠，不由得我跪拜天地万物神造化啊！"

"好了，现在兵分两路，我和华老师直接到半山茗泉处，在煮茗台等你们。你们这一路啊，就沿着这石门涧两侧去找你们自己需要的花草，一节课后到煮茗台会合比赛斗草。"爸爸说道。

"对了，这斗草啊，先是武斗，后是文斗，如分不出胜负，我说一副上联，看看谁对的下联最接近，作为附加题，保不准你们在山上灵感迸射，不小心想出个绝对来。不过，这上联至今无绝对，谁对的下联最好，谁就是冠军。"华老师卖起了关子。

"什么呀，快说上联！"红瘦按捺不住。

"咦，哪能提前透露考题哪。还不跟姐妹们一起，速速拈花惹草去吧！"

红瘦"哼"了一声，转身跑进石径里，像一只林中雀儿一样，机灵地遁入花丛。

这边华老师哈哈大笑，"青枝满地花狼藉，知是儿孙斗草来"。

石门涧内青松翠藤，苍深蓊郁。一条山溪曲折蛇行从天佛石脚下蜿蜒而下，一路清澈，一路细声慢语。山石陡处，如飞瀑挂山崖，流经窄处又如银练缭绫，及至和缓处又柔软地漫过一面面斜石坡，从长满绿苔的石壁上滑下来，落进碧潭后再溅起银珠玉粒……涧两侧奇花异草，鲜香扑鼻，鼻闻花香，耳听寺钟，鸟语啾啾，溪水潺潺。

"哎呀，又呆了，再不快点你就失去参赛资格了！"我原是只想醉了去，一时竟忘记了去"寻花问草"。姐姐站在绯红的花枝下，猛地喊醒了我，蓦然望去，竟是人面红花相映红啊。

随了姐姐，顺着溪流入谷，不同色系的杜鹃花在两畔的山坡上渐渐繁茂起来，花团锦簇已是目不暇接，蓦然一抬头，却发现红色的杜鹃花从谷底顺着山势一直开到山顶，就连山崖和峭壁上，也是花事茂盛，花影绰约，仿若坠入一片花的海洋中。拾级而上，山势时缓时疾，缓时慢行，疾时快走，石阶两旁的花肆意绽放，枝枝丫丫伸到路边，人在山中走，也在花中行。与杜鹃斗艳的还有黄的迎春、白的棠梨、粉的桃花、红的覆盆子。这些花或在崖上，或在溪边，数量虽少，却也开得热热闹闹，尤其是黄灿灿的迎春花，山外早已凋谢，山内还仍在花期，倒真是应了白居易的"人间四月芳菲尽，山寺桃花始盛开。长恨春归无觅处，不知转入此中来"。

一眨眼，一节课的时间到了，姐妹们嘻嘻哈哈，从花丛中、树影后、山石堆里冒了出来，头发上粘着青草叶子，脖子上环绕着柔长的山花枝子，胳膊里夹着、背上搭着、手里攥着的，都是各色花样、各色叶型的花花草草。

爸爸和华老师早已端坐在石凳上，早到的绿肥正在仔细地分拣各色花草，摆于石桌上。这溪水煮茗处位于半山腰平地处，正好砌起石桌和一石凳，上看云山，下看翠谷，左侧一自然山泉，右侧是溪谷潺潺，谷内一巨石，可见"煮茗处"几个大字。原来这石门涧是文人墨客常来游览聚会的地方，这煮茗处自然是他们停歇饮茶、唱诗会友的好地方。

红瘦站在石桌旁边一巨石上，正在一字一顿地念着上面刻着的一组苍劲红字："苍霭寒山深，有人乃在此。一杯复一炉，煮茗溪光里。"我也凑了过去，只见字迹清晰，笔锋有力，仔细看落款，竟是明代文人王无竟手书。

"真是古迹啊！这是明代的字迹啊！王诗人也在这座山、这处石凳处，煮茗溪光里啊！他们是否也是在端午时节，携着如花女眷？那女眷是否也在如我等斗草？"不觉间我恍惚入遐思，想着妈妈老师说的一句话：读一本好书，就像和一个有思想的、高贵的灵魂隔山、隔水、隔时空对话。

如今，在这大山之中，竟也有了这种奇异的感受。我们能与这些星宿般的奇人异才共赏一山、共游一水、共饮一泉、共倚一石，觉得那一草、一树、一花、一果、一笋、一石、一水，分明有了灵性。

"哈哈，不是人家如你们等斗草，而是你们如人家等斗草。来来来，马上开战，第一轮，武斗。"

一时间，四个人纷纷拿出早在路边、山涧等处采来的大把狗尾巴草，就地而坐，开始一番大战。

先是自家姐妹互斗，然后胜者互拼，输者淘汰。

两人各执一截草茎，开战前喊叫一番："叫你断，你就断，不信咱就试试看。"而后双方把草茎勾好，一声"开始"，便用力扯拉，谁的草茎被拉断即为输。果然不出所料，我自然不是惯做家务、手脚灵便的姐姐的对手，一上场便败了下来，华家也是绿肥胜出。自此，两个老大互拼起来。

乍一看这游戏十分简单，其实暗含诀窍和技巧。要挑选茎粗的草自不必说，其斗法也有讲究。狗尾巴草韧性好，猛力难以拉断，且容易把小手勒出血，这就需要用悠劲来拉，有时拉起来整个身体都跟着动，好几分钟都难见分晓。一旦哪一截草茎斗败其他而不断，其身价立时倍增，持有者自然觉得珍贵，且有了吹嘘的资本。

姐姐用的是她在路边向阳处寻来的狗尾巴草，说它日照充足，经风见雨，结实得很。

姐姐用打败我的狗尾巴草又接连斗败了绿肥，果然生活处处皆智慧啊！

第一轮算是预热，这第二轮文斗才是我和红瘦的天地。

文斗，乃是比拼的智慧和知识丰富度。由冠军第一个报花草名，其他三人争相说相对的花草名，如果谁能应上刚刚折来的花草之名，则双倍加分，最后累计总分排序。

姐姐得了冠军，双面绯红，红瘦突然冒出一句，"海青姐姐的脸真像一朵杜鹃花"。只听华老师蹦出一句，"原是今朝斗草赢，笑从双脸生"。姐姐脸更红了，"扑哧"一乐，"那我说狗尾巴草，"顺便举起那根功勋卓著的冠军狗尾巴草。

"鸡冠花，可是这花在俺家院里。"红瘦撅起小嘴。

"对得好，那也算用已有的花草之名。"爸爸又"端"来一碗"稀泥"。

轮到红瘦报花名了，她两眼一骨碌，脱口道，"杜鹃花"，从石桌的花草堆里处抽出一支。

"蝴蝶兰。"我应道。一旁的华老师鼓起掌来。我再报，"崆峒花"，崆峒花是杜鹃花的一种，我顺便取出一枝。"你这分明取的是杜鹃花，怎么说成空洞花？"红瘦疑惑道。

"哈哈，海琪果然是有心人。你们俩都说对了。不过不是空洞花，是崆峒花。

"此山的杜鹃花一共有三个品种，俗称'三姐妹'。'大姐'是兰荆子，她的脚步最勤，3月底4月初，春寒尚未褪尽时，就急急忙忙出现在山里。红里透着紫晕的花朵，一层层从山下开到山顶，覆盖了整个山谷。她也最摄人魂魄，弥漫着一种野性的张扬，散发着一种舍我其谁的霸气。她构成了珠山秀谷花的主体，人们到珠山赏花，多半是冲着她来的。

"'大姐'的脚步还没离去，'二姐'映山红也走了过来。炫目的猩红颜色多了几份妩媚和高贵。她喜欢登高居险，开放在悬崖峭壁，透射出充满活力的青春气息，又逼迫你不得不与她保持一定的距离。

"'小妹'崆峒花来得最晚，她红白相间。与'大姐''二姐'未叶先花不同，她一绽放就花繁叶茂，体型和面容要丰富得多。山坡平地有，但悬崖陡壁更多见她的身影，她没有大姐的野性和二姐的傲气，'花缘'极好，野蔷薇、小棠梨及无花植物等众多的旁姓'姐妹'与她结伴而行，成了她的辅衬和点缀，或者说侍卫和仪仗。"华老师果然出口成章，这一番花之语把我们几个都听醉了。

"是啊，是啊，我就是看见她在峭壁上开得诱人，借一山夫的扁担够下来的。他告诉我这喜欢长在峭壁上的就是崆峒花。不过崆峒的名字好奇怪啊。"我连连赞叹道。

"甘肃有座崆峒山，此山峰林耸峙，危崖突兀，怪石嶙峋，而又翁岭郁葱。因相传为仙人广成子修炼得道之所，'人文初祖'轩辕黄帝曾亲临问道广成子于此山，因而被道教尊为天下道教第一山。想这崆峒山既然为道教圣地，取道教空空洞洞、清静自然之意，命名为崆峒之山也是有理。"

"哇，那这花也喜欢长在悬崖峭壁，喜欢脱离尘俗，清静自然，称为崆峒花也是有理啊！"红瘦接口道。

"你自然是常有理的，你那空洞也叫得更有理啊。崆峒之山不就是空空洞洞之山的意思吗，只是这花不叫空洞花真是无理。"我抢白了红瘦。

"既然崆峒也是地名，那我对凤凰木。凤凰也是地名。"一旁的绿肥一直在努力。

"好对！"爸爸竖起大拇指。

"可是凤凰还是鸟类，应该是孔雀草更对应凤凰木啊。"我反对。

"可是孔雀不是地名啊。凤凰既有地名和鸟名两个含义，不妨可以用任何一个对应不同植物名字。"华老师评点有理，绿肥继续说新的对。"我说蓝荆子。""我对紫槐花。"姐姐脱口出，众人叫好。华老师点评道："蓝对紫，好。虽然大珠山上槐花都是白色的，可是附近的小珠山上有开紫花的槐树。"

"我说映山红。'大姐''三妹'都有对了，只剩'二姐'了。"姐姐话音一落，众人嬉笑起来。

"不是，又思春了吗？还说我呢。"一旁绿肥终于等来以牙还牙之机。

"哈哈，别斗嘴了，这个花名不好对啊，快想想，时间也不早了，我们一会还要到帽子峰拜见徐庶老神仙呢。这算最后一对。"爸爸叮嘱道。

众人陷入沉思。

"覆盆子。就是长得像小珊瑚一样，鲁迅的《从百草园到三味书屋》提到过的，'不必说碧绿的菜畦，光滑的石井栏，高大的皂荚树，紫红的桑葚；也不必说鸣蝉在树叶里长吟，肥胖的黄蜂伏在菜花上，轻捷的叫天子（云雀）忽然从草间直窜向云霄里去了。单是周围的短短的泥墙根一带，就有无限趣味。油蛉在这里低唱，蟋蟀们在这里弹琴。翻开断砖来，有时会遇见蜈蚣；还有斑蝥，倘若用手指按住它的脊梁，便会啪的一声，从后窍喷出一阵烟雾。何首乌藤和木莲藤缠绕着，木莲有莲房一般的果实，何首乌有臃肿的根。……如果不怕刺，还可以摘到覆盆子，像小珊瑚珠攒成的小球，又酸又甜，色味都比桑葚要好得远'。肯定是它，我的指尖上还带着小刺呢。"红瘦摩挲着她的右手指尖。

"这映山是动宾搭配，这覆盆也是动宾之意，也算可以，可是这红与子怎么对啊？"我质疑。

"也可以啊，红说花的色，子说花的形，也都有理，有理。""和稀泥"是爸爸的习惯。

"这真的是覆盆子啊。"华老师赞叹道，"且不说对得对不对，单说在这山里发现覆盆子，真是让人惊喜，此山神奇又添一处啊。古书记载的是在江西道教名山被一个叫葛洪的道教名家、医药学家无意发现的。"华老师一说，引发我们无数好奇。

"可是，我一直好奇，为什么叫覆盆子呢？好怪的名字，把盆子倒过来吗？可是这叶子的形状、这果子的形状都不是盆子倒过来的形状啊？"如今我终于见到了鲁迅提到的这种有奇怪名字的植物，便拿起来细细端详，百思不得其解的问题又浮上来。

"哎呀，没有你不探究的事儿。明明属猴的，偏偏像个老鼠一样钻到书橱里，咬文嚼字的。"姐姐刺挠我道。

"唉，这回人家海琪还真咬对了。这覆盆子一名来历着实不凡，且听我言。"姐姐一番话，勾起了华老师说书的好兴致，我等又赏心悦目地大饱一顿"文餐"。

"原来葛洪因过度操劳，竟得了'夜尿症'的毛病。一天，葛洪在山间苦苦寻找草药，至半山腰处，岂料一脚踩空，坠入荆棘丛中，醒来时，发现自己躺在荆棘丛中，刺痛之余，猛然发现带刺的枝头上有许多新生野果，结着桑葚一般的果子。正是饥渴之际，于是葛洪就摘了些许吃下。觉得这果子味甘性平，酸酸甜甜，可称是天然造物上品。如此这般，葛洪就又采了一大捧回去。出人意料的是，葛洪当天'夜尿症'的状况大大地好转了。后民间称道，服此仙果'晚上尿盆也可翻覆过来放置'。于是葛洪便给神秘果赐名'覆盆子'"。

"哈哈，原来如此啊！"爸爸哈哈大笑起来。

华老师对这大珠山情有独钟，他又加了一句，"不过，说到映山红，鄙人认为，从才、貌、品三个方面能与此花匹配的唯有一花——向日葵"。

话音一落，大家鼓起掌来，许是沾染了华老师的之乎者也之气，爸爸也忽然出口成章道："绝配。可以当此轮斗草压轴之作。愿你们像映山红一样美丽娇艳，像向日葵一般阳光朝气。愿你们的生命能如映山红一样绽放璀璨，愿你们的人生能如向日葵一样穿越阴霾。"

这两轮四人几乎平分秋色，因此，华老师拿出了对联加赛题，一决高下。

"话说这胶州湾啊，也是奇特。湾畔名山环伺，海东有崂山，海西有珠山，崂山有名，珠山有趣。这珠山又有大小之分。传说西天瑶池的一位仙女，在游玩的时候，把自己戴的手链弄断了线，手链的珠子散落到了人间，其中的两颗落到了黄海岸边。'仙女倦游何处去，双珠抛在水云边。'珠子就变成了山，一颗是大珠山，一颗是小珠山。大珠山不大，小珠山不小。如今这千古上联求下联，听好了：大珠山，小珠山，山山出尖。不求你们拿出绝对，只求接近即是好对！"

"哇，好工巧的上联啊！山山上下叠加是出字，大小上下叠加又是尖字，而且意义又恰如其分地表现出两座山的共同特点，真是绝对啊！"红瘦一脸迷蒙地跌进对上联之神往中。

"根本无绝对，为啥还对？"姐姐嘟囔道。

"哎，不求绝对，这上联都已经有二十多年了，也太难为你们了，只要开动脑筋，接近即可。"爸爸鼓励着我们这些"半瓶子水晃荡"的小才女们。

"大青岛，小青岛，岛岛入情。"我脱口而出。

"好意蕴！大青岛和小青岛又是现有的名字，好，开门红！"华老师赞道。

"哈哈，人家山和山叠出个出字，你这大岛和小岛叠出个葫芦岛啊！"红瘦吃吃地笑起来。

"大沽河，小沽河，河河有水。"绿肥脱口道。

"和那葫芦岛下联是半斤八两啊。看我说一个，正面人，反面人，人人从政。"红瘦得意扬扬地撇着嘴。

"哎，这对联开始有感觉了啊，至少这人人合起来就是从。虽说正和反不是绝对地拼为政字，倒也有点意蕴啊！"爸爸一向宠着红瘦。

"那边是反文，也算凑合啊！"华老师点赞，"继续！小脑瓜集思广益，说不定就灵光出现了呢！"

"耒县人，井县人，人人从耕。"爸爸也想出一个。

"好对！只是这耒县是秦始皇时期建置，因耒水而得名。这人人从耕也用得巧。只是这井县……"华老师颔首问道。

"哈哈，有耒县这个地名，但好像没有井县，反正至今我没有考究到这个地名。"爸爸突然幽幽地说。

"呀，快出玉了，只差一点点了。"姐姐叫起来。

"我觉得咋对都不完美，果然是绝对！"我也像红瘦一样撇了撇嘴。

"文做人，武做人，人人从斌。从者，有追随的意思。斌者，彬彬也。"一直没有吭声的姐姐突然冒出一句文绉绉的话。

"好对，特别是人人从斌，既工巧，又具有含义。只是这文做人和武做人，是动宾搭配词组，不是名称类别。再想想，再想想。"华老师陷入思考。

"文做人，武做人，文人，武人，做人。有了，这文人和武人做人最大的心愿是不是当举人啊！文举人，武举人，人人从斌。如何？"由着姐姐的启发，我突然灵光一闪。

"好对！我看这海琪就是文举人，好对！已经大功告成了，你们现在就可以直奔峰顶了。一会等我们登上峰顶，这幅绝妙下联一定要向山神爷爷禀告！"华老师喜笑颜开，连连夸赞。

"山神爷爷就是《三国演义》里的徐庶爷爷吧，他在帽子峰上笑得灿烂，等着咱们的文举人上去和他握手呢！"红瘦打趣道。

"咱们慢点爬，等到了峰顶刚好是夜半时分，那握手的感觉一定永生难忘。"绿肥一席话逗得大家笑了起来。

说话间，众人收拾行囊，继续登峰。

　　循着当地老山农的导游之路，一行人艰辛地进入了登山之凌厉、艰苦阶段。笑声、话语声渐渐少了，粗重的喘息声和厚重的脚步声充斥在耳边。

　　这时候，我的脑细胞无视我疲惫的双腿和忙碌不堪的肺部，却自顾自地活跃起来。

　　为什么我一直埋怨自己的家乡没有引人入胜的历史故事呢？这大珠山就隐藏着如此神秘、玄妙的历史。相信这只是冰山一角，而我，正用双脚在攀登这座神秘的"冰山"。

　　所谓历史，所谓名胜，之所以为天下人所知，除了本身的故事以外，更重要的是，要有一支如花的神笔。当然，这支笔的主人还应该是一位用心爱着这片土地、用情去深深了解这片土地、用脚去踏实地丈量这片土地的人，譬如蒲松龄之于崂山，譬如曹雪芹之于金陵……也许，等到我可以下笔如有神的那一天，这大珠山的故事、这片土地的神奇历史，会由我来一点点知晓、悟透，然后去做那个述说人……

　　可是，如果我的家乡没有那么多惊心动魄呢？

　　如何看待家乡？以前我总是太过热切，太过急躁，太过功利，想要在这片小小的土地上寻找出无限的第一、无限的可能，因此渐渐变得迷失了，匆忙了，错过了。但是，也许一味追求有形于实质的累积并不见得是唯一的选择和答案，有时候，无形的经历体验和感受，才是最甘美、最长远、最值得珍视的。

　　那些我们往常惯玩的普通游戏，在多年前也曾经被文人才子写入词句，千古流传。是的，唯有真心真意、诚诚恳恳地立足此处，踏实体验，才能真正领略出、咀嚼出其中的况味和情致。

智斗天后宫

历史上，青岛天后宫曾是崂山太清宫的别院。德人曾想强拆天后宫，遭到青岛百姓反抗，经巧妙斡旋，终使德人妥协，天后宫得以传承至今，成为青岛重要的文化地标。本故事据此杜撰而成。

转眼已是夏末，只等秋来早。胶州湾的海，波诡云谲，使得这本来清爽宜人的胶州湾的夏季变得燥热难耐。土地收买成功后，德海军当局马上强迫原居民迁移，房屋一律拆毁，前海一线失去了青山丽水，弄得乌烟瘴气、尘土飞扬。而拆迁风波很快波及了天后宫。

《太清宫志》曾有记载："前于光绪二十三年丁酉，德人借口山东教案强占青岛，订立条约，辟为商埠。凡华人旧有建筑，尽令拆除，天后宫亦与焉。是时胡氏后裔胡君，为该庄领袖，兼德署参议，乃率诸仝志进言于德督曰：青岛为水路码头，而运输货物多赖帆船，而帆船所仰赖者，惟天后圣母也。一旦该庙废毁，恐帆船裹足而商业减色矣。德人答云，前海岸一带已定为德人居住区域，若留该庙，则与原定计划不符。无已则唯有迁诸他处。胡君答曰，他处尚无合适地址，德人当允给馆陶路某号地皮，速行迁庙。胡君当又建议。商埠初开，商业幼稚，迁庙之举，非同小可，须俟一二年后筹得巨资，方可举为。"

胡君，名善成，上下奔忙，左右协调，无奈德人就是不答应。而百姓听闻要拆天后宫，也常聚集天后宫找琴心道长，欲集体武力抗拆，死保天后宫。琴心道长不忍心百姓罹难伤残，多次说服百姓，"少安毋躁"。心中却无一日不殚精竭虑，思考如何化解这天后宫之劫难。

那一日，天后宫琴心道长忽然着人来请胡先生去喝茶叙旧。

夫人阿菊给胡善成换上新作的绸缎马褂，又捎上一包上好的绿茶，说："看你近来心情浮躁，口舌生疮，快去琴心道长处散散心吧。"

"妇人之见！兵荒马乱之际，琴心道长的天后宫有化为齑粉的危险，哪有心思去喝茶叙旧呢！"先生在镜子里照照新衣，发现以前圆润的下巴已经成了瘦狭状。

"哎，你这是为宫消得人憔悴呢！既然不是叙旧，那一定是叙新了。既然叙新，那琴心道长必定有解你之忧的新法子。"阿菊打趣道。

胡先生辞了夫人，直奔天后宫。临近中秋时节，天后宫的金桂开得肆无忌惮。

琴心道长拿出一封书简，交于胡善成。

"前几日，亦真道长下山送来太清宫当家闲静道长的邀请函。是请中秋节赴太清赏月的。"

"难为闲静道长有心，只是当下哪有这赏月的心情啊！"胡善成叹道。

"哎，有心没心，月都在。既然有美月在，不赏岂不可惜。"道长趣道。

这闲静道长乃神仙中人，都说是神龙见首不见尾，但他却是片爪龙鳞都不见，只在云海雾山中，人称"闲当家"。有《闲静歌》云：

俺好闲，俺好闲，

不趋喧嚣场，所爱在林泉。

懒于应酬事，常枕顽石眠。

荣辱置身外，心如明月悬。

俯观山海鸿蒙里，仰看云舒并云卷。

世事尘情无挂碍，烦恼无由上心田。

俺好静，俺好静，

不入纷纭境，空谷听鸟鸣。

无事乱翻书，每遭清风弄。

勤于莳馨兰，屋陋神气清。

好读庄生逍遥语，睡卧常做蝴蝶梦。

淡然不屑蝇营事，昏昏闷闷度生平。

《道德经》曰："众人熙熙，如享太牢，如春登台。我独泊兮，其未兆，如婴儿之未孩。儽儽兮，若无所归。众人皆有余，而我独若遗；我愚人之心也哉！沌沌兮！俗人昭昭，我独昏昏；俗人察察，我独闷闷。澹兮其若海，飂兮若无止。众人皆有以，而我独顽似鄙。我独异于人，而贵食母。"

闲静道长可谓深得这"异俗"三昧！难不成这"闲当家"

竟是要以这"昏昏闷闷"之心迎战德国总督罗申达尔的"狼子野心"吗？

"啊，竟然是邀请德总督赴太清赏月之函啊！"胡善成先是迷惑，随之恍然。"闲静道长实在是高！太清水月，天下美景，哪里有不拜请天后宫妈祖娘娘一同'赏月'之理啊？"两人对视开怀大笑。

"好是好，问题是怎么递函。德总督可是小心谨慎之人，他会去吗？"胡善成又叹道。

"道法自然。你只管进德人驻地，将此信交给巡捕朗格，剩下的事朗格就会办得妥妥的。切记，其一，对门岗报'天后宫'三字；其二，说受琴心道长所托送函即可。"

"道长一向料事如神，可我不知这次道长为何胜券在握。"

"德总督对中华文明十分感兴趣，加上巡捕头朗格亲随，德总督也会有安全之感。另外，你且通过朗格传话，中秋月圆乃重要吉祥节日，中国人断不喜在此时有刀光剑影的。"

胡善成回到家，思来想去，还是心有忐忑。忽然，他想起了亦真道长赠予的崂山墨晶，道长言："此物于我无用，于你或有大用，你且拿去！"原来用在此时此处啊！

崂山水沿石隙流出，清亮可人，手捧饮之甘冽如琼浆。崂山石中，稀奇珍贵者甚多，如试金石、晶石、温石、砚石、石英。其中，晶石又有白晶、茶晶、烟晶、墨晶之分。清初有人采得墨晶石，制为眼镜，成了稀世珍品。

想到此，胡善成拍案而起，速速寻善巧工匠要将这块西瓜大小的墨晶精心雕刻成一座微缩的天后宫，宫内大殿"端坐"妈祖娘娘雕像，拟将之交于朗格，随信函转交德总督。

　　如琴心道长所料，胡善成如此这般，行事竟然毫无阻隔。半月之后，墨晶雕刻成功，顺利随信递转德总督罗申达尔。又是十日之后，朗格差翻译官来天后宫回复琴心道长，德总督罗申达尔将携朗格一行，以私人身份，跟随琴心道长进崂山太清宫一同赏月，并令琴心道长赏月期间须半步不离二人身边，否则格杀勿论。

　　道长哈哈一笑："这人质当得可值！"并立刻复信太清宫，让那边速速筹备中秋"太清水月夜"活动。

　　太清宫是崂山最古的道观之一。据《聚仙宫铭》等记载，太清宫始建于宋太祖时期，是宋太祖为崂山高道刘若拙敕建的三座道观之一。金元时期，号称"北七真"的邱长春、刘长生等到崂山太清宫讲道，后刘长生在太清宫主持道事，太清宫也随之名扬四海。元、明、清时，高道辈出，张三丰、刘志坚、徐复阳、齐本守等人都曾来此，或隐居，或潜修，或著书立说。

　　太清宫，面朝大海，背依七峰。七峰中，以老君峰为最高，其左是桃园峰、望海峰、东华峰，其右为重阳峰、蟠桃峰、王母峰。因三面环山，一面临海，北风不至，阳光普照，冬无严寒，夏无酷暑，故四季常青，繁花似锦，素被人称为"小江南"。

　　中秋之夜，天遂人愿，月上东山，海天之间，皓月空悬，浮光潋滟，宛如玉壶冰镜，岸边竹影婆娑，宫廊依稀。回首太清宫，竹林荧光浮动，楼阁参差缥缈。

　　总督罗申达尔已被这"太清水月"弄得如醉如痴。"伟大的上帝啊！感谢你赐给我机会，让我踏上这神奇的东方异土！我愿化为一条鱼儿，游进这镜面般的海，与月亮女神拥抱！"唯有朗格，严肃里透着狐疑，半步不离总督罗申达尔，也让琴心道长半步不离他。

道人们窃窃私语，因为，瘦小的琴心道长被紧紧束缚在两个人高马大的德国人身边，委实也是一道奇异的风景。闲静道长白发、白须，仙风道骨。他心中自然明白，与罗申达尔谈笑自若。这些人后面是心里七上八下的胡善成。

"道长先生，我在德国的外公家读过老子写的德文版的《道德经》。如果没记错，那应该是1870年出版的书。所以，今天我也怀着好奇和尊敬的心情来到老子庇护的修道院里赏月。"

"哈哈，你们叫修道院，我们叫道观；譬如天主是你们的神，老子、玉皇是我们的神；再譬如你们有十字架，我们有太极；再譬如你们有修道士，我们叫道士。何为道士？以道为事，故称道士。《太宵琅书经》曰：人行大道，号曰道士。道者理也。身心顺理，唯道是从。从道为士，故称道士。道士，上与君王同坐，不以为荣；下与乞丐同行，不以为辱。方为行道之人。再譬如我们道教有《道德经》，道尊德贵，以道德为最高信仰，敬畏天地自然，你们不是也有值得仰望和敬畏的大哲学家吗？总督大人想必知道你们国家有名的康德吧？"

总督罗申达尔听得一脸愕然，想不到让他一直迷惑不解的《道德经》，竟然从康德那里得到了诠释。这个威严的德国总督，此时已经成为一名虔诚的求道者。听到道长的问话，总督醒过神来，连忙回答：

"是的是的，康德的墓志铭是这么说的，在这个世界上，有两样东西，越去不断思索，越觉得钦佩与敬畏：一是我们头顶上璀琛的星空，二是人们心中高尚的道德律。这就是康德的话，我的外公很崇拜他，带我读过他的书。"

"正是，星空因其寥廓而深邃，让我们仰望和敬畏；道德因其庄严而圣洁，值得我们一生坚守。康德的星空、道德律跟老子的道德信仰和我们道教的敬天爱民、天人合一实乃有许多共通之处。"

两人越说越有兴致，竟然忘了今夕何夕。在金戈铁马的硝烟之外，明净的太清水月带来了短暂的祥和。

此时纵目眺望，天上月与海中月交相辉映。皎洁的月亮被一团金辉托出海面，溶溶月色倾洒海面，水生光，月更明，恍若置身仙境。

"这么美丽的月亮里，一定住着女神。"总督叹道。

"正是。我请你看中国的月亮女神。"说话间，闲静道长引总督一行来到王母殿。王母殿中奉西王母神像，其左为太阴星君，即月亮里的女神。而总督对西王母神像右侧的九天玄女产生了膜拜之情。

"啊，这就是道长说的中国的'战争女神'吗？"

"正是。九天玄女原为中国古代神话中的女神，其最初形象是人头鸟身，后经道教增奉为女仙。汉魏时期，玄女在社会上特别是道教之中有很大影响。传说黄帝与蚩尤战于涿鹿，帝不能胜，王母乃命九天玄女下降，授帝以遁甲、兵、符、图、策、印、剑等物，遂大破蚩尤而定天下，所以被奉为中国的'战争女神'。"

"东方文化真是神奇！一位叫玄女的女子是战争女神，一位叫妈祖的女子是海上的护航女神，而参加战争和出海捕鱼的都是男人。我的妻子很喜欢你们送的妈祖石雕，她觉得妈祖女神十分美丽端庄，温和又有力量，能给内心一片安宁。"

"总督大人的疑问正反映了中国以柔克刚、爱好和平、偃武反战的思想。总督夫人的感受也是百姓们反复抗争想把供奉着妈祖的天后宫留在前海的原因啊！青岛百姓以渔业为主要生计，妈祖庇护他们，给予他们安宁和希望。"

这边闲静道长和总督一问一答煞是热闹，跟在后面的胡善成心里一阵窃喜，"这妈祖女神果然也来太清宫赏月了啊！"他与被当作"人质"的琴心道长会心一笑。

"我明白虔诚的信仰对于人们的意义。但是，那已经是我们的规划区了，前海一带是我们重要的政治、经济、文化核心区域，天后宫虽然是古迹，但毕竟是你们的文化。所有中国建筑都要搬走，如果有特例，必须上报德皇批准，我爱莫能助啊。所以，请给我一个说服德皇的理由！"总督大人的东方文化情结似乎被闲静道长升腾为对中国文化浓浓的情意了。

"总督大人所言极是。我何尝不理解总督大人的难处。总督大人虽非我国人，但因我朝腐朽无能，导致割让胶澳于贵国。总督大人既然受命执政于此，治理的却是我华夏之民哪！岂可不顾治下之民的心愿呢？《道德经》言：圣人无常心，以百姓心为心。您既然作为胶澳土地上的执政者，那就要先以百姓心为心，顺应民意而为，一切为百姓着想，这就是道法自然无为而治啊。也只有如此，才能使胶澳安定、商业繁荣。而胶澳百姓当下之心，就是要留住他们的天后宫啊！总督难道不曾觉察吗？你们的德皇，是想要一个祥和、安定、繁荣的胶澳，还是想要一个骚乱、动荡、萧条的胶澳呢？这个理由可以吧？"闲静道长悠悠道来。

"圣人对百姓不会出于某种政治手段而滥施仁爱，也不会为了加强集权统治而过多发号施令。圣人是社会资源的协调者和社会生活的引导者，而不是占有者和支配者。在这样宽松的政治氛围下，百姓就像自然界的万物一样自由发展，不受约束，却能够产生更大的社会效益。"一旁的"人质"终于开口插话。

罗申达尔不语，盯着九天玄女像陷入了沉思，闲静道长慧心一笑，低声对旁边人道："火候到了，速去客堂。"

原来这"闲当家"画功了得，只是轻易不动笔，几天前却大发雅兴画了一幅《一团和气图》，没想竟是送给罗申达尔来太清赏月的特别礼物，当然，醉翁之意不在酒。

据说，《一团和气图》，最早是明朝皇帝宪宗朱见深所画。他少年时遭遇一系列政治变故，可谓命运多舛。后来，他成为明朝历史上一位略显另类的皇帝。他能书善画，是位堪与宋徽宗相媲美的才子帝王；他以文人的方式而不是以帝王的方式，用一幅画来化解朝堂百官的派系分裂，成功地为于谦等一批蒙冤的前朝功臣平反昭雪。

宪宗刚登基时，想尽快结束前朝遗留下来的大量冤狱和诬告陷害成风、朝臣各怀疑虑的混乱局面。他想先从为于谦等前朝老臣平反昭雪开始，却遭到了近半数朝臣的反对，导致朝臣的对立分裂更为严重。这位才子皇帝并没有用乾纲独断的方式，而是连夜画了这幅《一团和气图》，并为之御制《一团和气图赞》："朕闻晋陶渊明乃儒门之秀，陆修静亦隐居学道之良，而惠远法师则释氏之翘楚者也。法师居庐山，送客不过虎溪。一日，陶、陆二人访之，与语，道合，不觉送过虎溪，因相与大笑，世传为三笑图，此岂非一团和气所自邪？试挥彩笔，题字其上："嗟世人之有生，并戴天而履地。既均禀以同赋，何彼殊而此异？唯凿智以自私，外形骸而相忌。虽近在于一门，乃远同于四裔。伟哉达人，遐观高视；谈笑有仪，俯仰不愧。合三人以为一，达一心之无二。忘彼此之是非，蔼一团之和气。噫！和以召和，明良其类。以此同事事必成，以此建功功备。岂无斯人，辅予盛治？披图以观，有概予志。聊援笔以写怀，庶以誉俗而励世。'"

第二日早朝，宪宗将此图带上朝堂，与众臣观摩，说明创作此图的良苦用心。大臣们观此图、读此赞，莫不唏嘘流涕。从此，恩怨纷争消除，朝政趋于安定团结。

"留住天后宫，留住百姓的心，百姓心中少怨气，总督治理起来自然就少了阻隔，这胶澳大地方能一团和气啊！这也是贫道几天来赶绘这画送给总督的用意啊！"

罗申达尔高兴地叫起来，"哇，我好喜欢这一团和气！近期归国述职，我要带着它见德皇陛下！"

总督罗申达尔一行离开太清宫时，一团乌云竟然从崂顶巨峰处飘来，遮住了明月。闲静道长仰天望月，嘴上是"一团和气"，心里却在泣血。分明是狼子野心，辱我胶澳，怎来一团和气？这只是使天后宫避免被拆的权宜之计，使我胶澳百姓免遭生灵涂炭而已。正如《道德经》所言，人之生也柔弱，其死也坚强。草木之生也柔脆，其死也枯槁。故坚强者死之徒，柔弱者生之徒。是以兵强则灭，木强则折。强大处下，柔弱处上。

《太清宫志》记载道："嗣后值德督麦大臣，拟回国述职，胡君全诸全志，为夜设饯，乘间言曰：青岛山陬海澨，蕞尔荒区，经贵国劈山填海，擘划建设，焕然一新。天后宫建自明代，历史悠久，若以古迹视之，尤足以壮景色也。德督然之言，为不敢擅主，须请示德皇。迨返任后，谓胡君诸人曰：蒙德皇允准，天后宫可留作古迹，无庸迁毁。迁庙事寝。"

至此，天后宫被拆这块压在胡善成心里的"大石头"终于被搬走了。

太清水月

你，像宝镜一样的脸，从镶着金辉的云层中露出，为这片神秘空灵的山水，洒上圣洁、晴朗的光，静雅而美丽。

你，像鱼儿一样光滑的身，游进这镜面般的海，摇曳成浮光潋滟、风情万种。天上，冰魄当悬；海上，玉壶光转。水月相映，月更明，恍若仙境。

你，化成一位仙女，穿行在竹影婆娑、廊庑依稀的太清宫内。楼阁缥缈宛如仙境，桂香浮动沁人心脾，一曲悠扬的崂山道乐正迎接你的到来："我忆太清宫，待月大海滨，空山林箐黑，隐若窥星辰。须臾晶轮出，波上光粼粼。冰壶濯魂魄，万里无前尘……"

你，幻成高飞的仙鹤，遨游在崂山群峰之间。你使巨峰斑斓的枫叶更显旖旎的风姿，你让清洌活泼的九水风情无限，你与高大耸立的老聃"相约访仙界"，你与千年老榆树倾听"夜静海潮平"，你在古木参天的步月廊与香玉、绛雪"对影成三人"，你与不眠的诵经道人"细数晓钟声"……

你，就是太清水月。

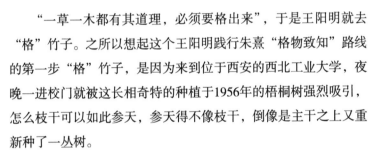

"格"梧桐

"一草一木都有其道理，必须要格出来"，于是王阳明就去"格"竹子。之所以想起这个王阳明践行朱熹"格物致知"路线的第一步"格"竹子，是因为来到位于西安的西北工业大学，夜晚一进校门就被这长相奇特的种植于1956年的梧桐树强烈吸引，怎么枝干可以如此参天，参天得不像枝干，倒像是主干之上又重新种了一丛树。

"格"到第二天，发现其妙因，大概是因为修剪的特殊技巧，才形成马路上空向上锥形的开阔的空间，既拓展了马路上方的空间，又形成了极致美景。

续"格"一下，睹树思树，此时甚念青岛中山路之成排的大梧桐，因为其在道路上方枝权交叉，或许是阻碍了穿行而过的5路、2路电车的线路，或许是阻碍了商业街的空间也不得知，反正被集体"谋杀"了，随之而去的，是中山路的人气和商气，还有几代青岛人的记忆和情怀……

继续"格"，西安的梧桐树使用了这种特殊的修剪技艺，背后一定是半个多世纪园艺师对技艺的坚守和传承。倘若当初对中山路的梧桐树使用这种特殊的修剪技术呢？会不会改写梧桐树被

"谋杀"的命运呢？即使有这种可能，那么后继者又是否有足够的耐心去等待那一棵棵树的一点点改变呢？

这种耐心，也许对一个正在谋求多样发展的民族来说至关重要——小至对一座建筑精雕细琢，中至对一个幼童使用顺应天性的教育方式，大至对一个地区选择科学发展的方式。

"格"树叶

世间万物，都是时光隧道里的行者。往大处说，最大者莫如宇宙，它在"行走"，要历经成、住、坏、空四劫；往小处说，譬如一株植物，从根、茎、叶开始，"行走"至花开、果熟，至壮大，至衰弱，而至寂灭，历经数载。

但凡"行走"都是在一个时间维度上展示生命的每一个过程，时间慷慨地赋予每一个生命体不同的生命姿态，给万象的世间又叠加出更丰富的万象。

看这几片叶子，它们属于同一株植物，那象征初春萌发的青嫩、初夏深情的浓绿、夏秋之交黄绿相间的斑驳，还有初秋浅浅的一抹黄、至深秋深邃的褐黄色……它们是在用不同的容颜鸣唱着四季不同的乐章吗？

非也。我在夏秋之交的校园里遇见它们，它们竟然安静地共生在同一株植物上，随雨后的秋风摇曳起舞。在时间长河里的那一刹那，在同一个空间里，它们呈现了一片叶子"行走"在四季里不同的、全部的姿态。

百变的容颜，鸣唱的不是四季的乐章，而是一刹那一片叶子万种的风情。这倒应了王阳明的心学理论，叶子说，万种风情，我心自有，不需外求。

　　再继续抽象一点，一个人如果用心，天下就没有难事，因为心外无事，一切事都是心上的事，就看是否用心。一个人如此，一株植物也是如此吧。

无花果之夏

在这个夏季，无花果不经意闯入我的生活，带来许多小确幸。清早，路边的一排小水果店里，经常会出现新鲜的无花果，每每遇见，便买来十几枚，那绵软的香甜为我的每个夏日带来许多小趣味。

水果店的水果上方经常会有蜜蜂盘旋，偶尔，我会细细看那蜜蜂，发现它们最喜欢两种水果：一种是平度大泽山的玫瑰香葡萄，另一种便是这小小的无花果。这也正是我最喜欢的，我并不讶异自己和蜜蜂怎么有如此相同的嗜好，而只讶异自己怎么会有蜜蜂一样的辨识力。

整个夏季，出门就惯性地寻找无花果的倩影。那日傍晚，门口超市只有盒装的无花果，且每盒质量良莠不齐。店主说只能整盒全买不能单挑，我便遗憾离去。可是无花果勾起的欲求却无计消除，于是乎，犹豫是否要赶往附近的大菜市场。步行不到10米，却见路边一卡车载满绿油油之物。莫非是无花果，怎么这样巧？竟然真的是，是小贩刚从威海运来的青嫩窈窕的无花果。我窃喜自己的心心念又一次心想事成。

小贩好萌，他教会我无花果的正确打开方式，去掉尾部的蒂，然后剥皮，无花果白皙的玉体绽出，像一朵不胜娇羞的白玉莲，轻启双唇，轻咬莲花尖，红色的花蕊绽放，多像一颗心。哎，是的，除了润肺外，无花果对于心脏是真的有补益的。

瞬间来了许多顾客，小贩被围将起来，一个城管也适时地从天而降。小贩被城管耳语后，边收拾物件边说："不卖了，不卖了。"顾客不满意了："凭啥不卖我？"小贩无奈一笑。还好，我作为第一个顾客，足足买了六斤三四天量的无花果。跟城管讲情了半天，但还是眼睁睁地看着小贩被赶走。

这一瞬间，我竟然想起马克思对黑格尔的"反叛"。缘起马克思无法用黑格尔的辩证法去解决和解释他现实遇到的那个法律案例：农民常年捡拾林地里的树枝用来做柴火，林地拥有者却将农民告上法庭，最终法律判决穷苦的农民败诉，将这一行为判为违法。马克思因此思考国家、法律、哲学的深层意义，开始"背叛"黑格尔哲学，而走向更加具有革命性的马克思辩证法。

夏在去，秋将来，无花果也将退市。无花果，你知道我喜欢你，所以以如此隆重的、华丽的相遇方式来和我做今夏最后的道别吗？不可知，但是，往后余夏，我会继续寻找你青青的身影。

我们究竟是谁

曾经去过很多地方，也曾经离开过许多地方，却只有云南让我莫名有种怅然若失的感觉，一直在想，却不知道失去了什么。

几年前，有一云南的长者来青岛，离开时对我说了一句奇怪的话，"你很像白族人"。虽然听说胶东地区的百姓来自云南，但我一直认为这是离我很遥远的事，可长者的话引发了我心中对于彩云之南的好奇。

那年，终于有了云南之行。在昆明，我一个人兴致勃勃地钻进云南民俗博物馆，馆中展示的古旧的蓑衣和斗笠竟然像极了我外公编织的蓑衣和斗笠，样式和针法如出一辙。外公编制的蓑衣密实、厚重，是用于防雨的"雨披"。幼时的我们常常在夏夜里将蓑衣铺在石阶上，几个人挤躺在蓑衣上，在蟋蟀的鸣叫声里看满天的星星眨着眼诉说神秘的宇宙故事……

后来我和母亲谈起蓑衣的故事，母亲说，在她小时候我的外公就说过我们来自小云南。据说，小云南大概是位于大理周边的祥云县，是白族聚居区。白族的房子特色鲜明，比如一进大门有个影壁，上面装饰着一个大大的福字或是象征吉祥的图案，这个特色也正是胶东民居的特色。大概来自云南的先人将建筑特色也带到了胶东地区。

胶东不仅有云南蓑衣、云南民居的影子，似乎还有云南的山藏在我的心灵深处。记得小时候，我不喜欢家乡的地貌，到处寻找山，后来在一个小村子附近找到了，只见其高却形状古板，不是自己想象的样子，仍不喜。而云南的山竟是如此玲珑俊秀、高低错落、情趣横生……正是我想要的"山的模样"。

遥想在云南，虽短短几日，却仿若找回了自己和属于自己的自然的"气场"。是的，就是那神秘玲珑的山，那大片灿烂的花，那五彩变幻的云，那质朴又充满原始活力的民风，那神秘森林里的醇香蜂巢蜜，那青翠、清酸又玲珑、结实的小柠檬……一切都是刚刚好的样子，似乎是几百年前的"我"见过的样子。

离开云南时，我脑海里升起一个古怪的念头，在临上飞机前，我让司机陪着我满山遍野寻找云南优质的红土，而后装进两个大可乐瓶里带回了青岛。虽然安检时有些小麻烦，但带回青岛的红土，在我回忆那片神秘而亲切的红土地时，给我的思念添加了许多趣意和亲近……

我们究竟是谁，有时候，历史学家、考古学家也未必能给予答案，答案也许就在你莫名的感觉里。那感觉，知道那答案。

白露之霜

古琴曲《长清》为"竹林七贤"之首嵇康所作，为"嵇氏四弄"之一。琴曲为雪而作，造化自然，志趣高远。今晨我听来，却是无语凝噎。

遥想那古人在一个大雪纷飞之夜，交通阻隔，人迹罕至，又无网络电视、手机等与外界联络，只一灯、一琴、一茗与之相伴，化现实孤寂为内心丰饶，揉百腔情愫入无字琴声。世人只闻那琴声悠远，却哪知那悠远却藏着冷清无限，那冷清无限之后又躲着心之奈何。

昨日白露，今晨见暑气渐消，秋爽袭人，忽萌生去植物园跑步之意。因为疫情，因为暑热，恍然与上次跑步似有千年之隔，感叹往日浸润着植物的清香在微汗淋漓中畅快跑步的幸福又将重来，却想起大洋彼岸的儿子宅家避疫已是半年，一个人终日面对四面的墙壁，有多少不易与无奈，却只对妈妈说一句"挺好的"，令人心酸。遥想中秋将至，在这愈加纷乱的世间，悲欢离合又有多少，吾隔山隔水隔着遥远的太平洋，能与儿子共赏一轮清月，已是人间幸福。

……

　　"感时花溅泪，恨别鸟惊心"，不知是这一曲琴声勾牵起内心无限似"鸟惊心"，抑或是内心无限遇着琴声化成 "花溅泪"？不可知。

　　我只知，那白露，成了霜。

树是会呼吸的历史

　　如果说建筑是凝固的历史，那么，树，尤其是古树，是会呼吸的历史。

　　漫步在红岛路的中国海洋大学鱼山校区内，一树一树的花，开在料峭的春风里，淡淡的花香氤氲着，挑逗着游人的嗅觉。

　　走上一条幽静的小径，在小径的两侧，赫然屹立着，是的，屹立着七八株直径粗达一米半的古树，躯干壮硕如健牛，树皮斑驳，印着赭黄、青绿、深灰的色彩，长成一幅幅油画；有的树不甘寂寞，在腰部分成两株、三株，甚至五六株粗大的枝干，更加肆无忌惮地斜刺向天空，霸道地张扬着伟大的生命力。

　　这几株法国梧桐，堪称青岛法国梧桐界的元老。站在它们身畔，我的眼睛，我的意识，被这偶遇，不，简直是艳遇，应该是惊遇，震撼到有点窒息……

　　这个校园在100多年前是入侵胶澳的德国人建造的德军兵营。这些梧桐树，也长了100多年，它们没有辜负每一寸光阴，而光阴，也未曾辜负它们，任凭兵荒马乱，任凭山高海阔，它们安稳地、平静地、认真地，或者孤独地、不争不喧地，在这个校园里，把自己长成了传奇。

有人说，建筑是凝固的历史。而树呢？树把历史悄然刻在了自己的年轮里，年轮偷偷地藏在树的躯干里。抚摸着这油画一样的树皮，我能感觉到如化石般粗硬的树的呼吸。是的，树在呼吸，每一刻，它都在阳光、空气里呼吸，它已经呼吸了100多年。抚摸着它，感受着它的呼吸。这一刹那，和100多年前它被种下的那一瞬间，因为树的生命而被连接得如此紧密、如此亲切。这100多年，是青岛从小渔村跨越发展成大都市跌宕起伏的世纪里程；而在这一棵树的生命历程里，这100多年，只是树呼吸了100多年，从彼时到此刻，在树的呼吸中，100多年的历史凝成一瞬间。

德国人在青岛留下了建筑、梧桐树，也留下了一些不解之谜。有人说，海大校园中原德国兵营与附近的青岛山炮台有一条地下秘密通道相连接，几年前，中央电视台《探索·发现》节目曾经做过一期节目，探索未果。

百年沧桑，这些秘密，谁会知道？我想，这些树，它们用生长了百年的枝干刺破天空，沐浴着阳光、空气和雨露；而在黝黑的地下，它们用生长了百年的根脉探入深邃而无涯的泥土里，和那些难以言说、不得而知的秘密、苦难、历史纠缠、盘根错节。

而在这片泥土之上，是我们的城，是我的城。100多年前，她叫胶澳；现在，她叫青岛。

《三峡》美鉴

· 纪行篇 ·

庄子说："生而美者，人与之鉴。"那么遇见一篇美翻了天的文章呢？文之美者，我斗胆鉴之，故称"美鉴"。

美鉴的底气不是因为我多博学、多有名气、多有野心，而只是因为我对此文多生爱意、多生情怀、多生思绪，而已呢。

这篇凭借美颜在我心里能翻天的文章就是郦道元的《三峡》。

自三峡七百里中，两岸连山，略无阙处。重岩叠嶂，隐天蔽日。自非亭午夜分，不见曦月。至于夏水襄陵，沿溯阻绝。或王命急宣，有时朝发白帝，暮到江陵，其间千二百里，虽乘奔御风，不以疾也。春冬之时，则素湍绿潭，回清倒影。绝巘多生怪柏，悬泉瀑布，飞漱其间。清荣峻茂，良多趣味。每至晴初霜旦，林寒涧肃，常有高猿长啸，属引凄异，空谷传响，哀转久绝。故渔者歌曰："巴东三峡巫峡长，猿鸣三声泪沾裳。"

郦先生已经有"1500多岁"了。他少年时代就喜爱游览，后来做了官，能够到各地游历时，每到一处，他会先以地理学者的视角去考察各种河流的发源、流向及其流域的地理状况等；而后再以一个散文家的笔法，优美生动、栩栩如生地记录他的考察收获。他写成的《水经注》被人称为"宇宙未有之奇书"，其风格通过其中的《三峡》可见一斑：有依据，有事实，读来让人信服；有文采，有情怀，读来让人感动。

爱它源自其美。

一美，情怀之美

曾经在书中看到一怪论，中国的知识分子内心深处总会潜藏着奇特的"故乡"情结。一个故乡，是他幼时生长所在；另一个，则是他在典籍中遇到的，那曾感动过心灵的、触发他情怀的某个所在。想来，真的有道理，连我等都落入此套，更不用说那被王维一句温情的"劝君更尽一杯酒，西出阳关无古人"触动，如过江之鲫劈头盖脸地往那阳关去，即使见到的不过是荒漠上的荒土堡，仍流连忘返的众多知识分子了。与其说是找景致，不如说是找"情怀"。那"情怀"的美丽通过文字隔山、隔水、隔千年岁月触动了你，使你不由得翻山越岭去求那"情怀"的相遇。

郦先生之后，李白也去了三峡。他比我们幸运，见到的不是泥石流或者挖土机，那时候，郦先生的"绿潭、怪柏、瀑布、高猿"还在，于是，不知是李白相遇了郦先生的"情怀"，还是英雄所见略同（我希望并认为是前者），反正李白朗朗上口的"朝辞白帝彩云间，千里江陵一日还。两岸猿声啼不住，轻舟已过万重山"有着郦先生"或王命急宣，有时朝发白帝，暮到江陵，其间千二百里，虽乘奔御风，不以疾也"的影子。

前几日我淘到了一本2001年出版的书。一个儿时住在三峡边上、长大后成为著名摄影家的人，抢在大水库建成之前，徒步一年拍摄成《三峡影册》。这本影册被打折出售，可是在我心里，它却升值无价，因为它藏着郦先生的"情怀"，藏着李白的"情怀"。当然，我也斗胆把我的"情怀"悄悄地藏在里面，然后，把这影册藏在书架的深处，梦想有一天，一个头发花白的老太太带着老花镜，拿着它对一群小娃娃讲述着："从前有条江，江边有险山，山上有怪柏，柏下有高猿……"当然，如果捎带着说说"GDP""节能减排""舟曲的泥石流"也是可以的。

二美，有憾之美

古怪的张爱玲有时也会说大实话，一个纯洁如水的白玫瑰般的女子和一个干巴的白米粒，一个热情如火的红玫瑰般的女子和一抹蚊子血，在一个男子的眼里，其间的转换只在于娶与未娶。美的事物大概如此，总是留有遗憾，那人、那文、那景，甚至那悲剧小说，因了遗憾，便美成了极致，美成了永恒。三峡于我，这心痛之美，大概如此。

《唐山大地震》影片中的一句台词"没了，才知道什么叫没了"让我想到了三峡，不曾想，那《山楂树之恋》在剧末偏偏把字幕打出来，大意是：因为三峡工程，山楂树被埋在了水底下，可是，山楂树在水里也会开花的。

又是三峡，它又来"扰"我了，我知道我躲不过了，干脆彻底地"心痛"一把，把这美记录下来。在水底下，不仅有会开花的山楂树，还有郦先生的"绿潭、怪柏、瀑布、高猿"装点过的三峡，隔水望它，美成了极致，美成了永恒。

三美，无用之美

一棵树，若其材质既不能造船，又不能造家具，看起来没有实际用途的无用，反倒能令其免遭砍伐，任意成长，成为参天大树，无用反为大用。譬如，文字用于公文主要是为了工作之用，即将上级的思想和指示用文字明白无误地表达出来，用于指导实践，这就尤其需要注重文字的平白、朴实，唯其如此，易懂，易操作，才不易在实践中走形曲解，这种"用"我认为叫"实用"。自然，文字不只用于公文。在诗词、歌赋、散文中，作者用文字表现自己的见识、情怀、境界、心态等，看起来没有实际用途，相对于公文的实用，我认为这可以称之为"虚用"或者"无用"。但也正是在这一领域里，文字尽可以展现个性，尽可以表达多姿多态，自然也就更会引发趣味相同的受众的追随与反馈，即鉴赏。在表达与鉴赏之间，文章得以广泛传播和历史传承。

因此，反倒是虚用的文章更多地得以流传下来，成为滋养后人灵魂的精神家园，无用反倒成为大用。古代的很多公文，凝结了精英的智慧，但鲜有如《出师表》这样的好运气，大都湮没在历史的尘埃里了。即便如李清照创作的"非公文类"，亦复如是。她在文学创作的成熟时期，满腹激情地创作出大量的古诗、律诗，为南宋反击侵略、收复失地助威助力，轰动一时，颇有实用价值。但这些文字却反倒不如她在文笔青涩时期的"争渡，争渡，惊起一滩鸥鹭""知否，知否，应是绿肥红瘦"更为后世所知。

再如这郦先生的"则素湍绿潭，回清倒影。绝巘多生怪柏，悬泉瀑布，飞漱其间。清荣峻茂，良多趣味"直让人想起苏轼那短文名篇《记承天寺夜游》中的"庭下如积水空明，水中藻荇交横，盖竹柏影也"之灵动美好的感觉。

最好的恰是，郦先生没有把《三峡》写成地理教科书用文，却写成了散文名篇，以无用之形承载起大用之实。

"行文之道，神为主，气辅之。"今天已"300多岁"的清代散文家刘大魁在著成的《论文偶记》中别出心裁地分析说："积字成句，积句成章，积章成篇，合而读之，音节见矣；歌而咏之，神气出矣。"这句话用在对郦道元之《三峡》一文的鉴赏上，可以说是一语道破文章之悦心、悦神、悦志之天机。

我总结出来上千字的三峡之"三美"，却不如"300多岁"的刘大魁隔了1200年迟来的几句表扬能直指精髓。

· 纪行篇 ·

柳老师的课

"如果感到快乐，你就拍拍手……"可是，如果你感到不快乐呢？如果逢雨天，又不能放怀大自然，那就来一杯绿茶吧，当老玉般的叶片旋舞于沸水中时，正是闲翻书、翻闲书的好时光……

我就这样"翻"出了一位老师，他姓柳，唐代的柳宗元。

柳宗元在由朝廷重臣贬至永州后，发现了一条美丽的小溪。他便在溪边结屋筑堂，修沟造池，写了篇《愚溪诗序》，将小溪及相关建筑均赐姓"愚"，愚溪是大哥，另有愚泉、愚池等兄弟八个。

第一节课，正确对待自己

流水，常为聪明、智慧的人所喜爱。唯独这条溪水却姓愚，这是什么缘故呢？因为它的水道很低，不能用来灌溉；水流又很湍急，突出水面的石块很多，大船驶不进去；溪谷幽深，溪水浅狭，蛟龙也不屑一顾，因为不能在浅水中兴云作雨。这条溪对世人毫无用处，却正好和我相似，那么，取名愚溪，也是可以的。

课堂笔记：不妨经常用柳老师的客观标准去衡量自己，正确认识了自己，没有什么拿不起、放不下，更没有什么赶不走、扔不掉的不快乐。

第二节课，正确对待别人

宁武子"在国家混乱的时候就像个愚笨的人"，那是聪明人故意装愚；颜回"从来不提与老师不同的见解，好像很笨"，那是聪明的人故意表现得很愚笨。他们都不能算是真愚。如今我在政治清明时却做出与事理相悖的事情，所以再也没有比我更愚蠢的了。正因如此，所以天下没有任何人能同我争这条溪，只有我可以单独占有它并给它取这个名字。

课堂笔记：用放大镜看别人的优点，用显微镜找自己的缺点，以身边不用交学费的同仁为师，甘当小学生，适时充实自己的知识。

第三节课，正确对待人生

这溪虽然对世人没有可以利用之处，但它能映照万物，那清明澄澈的泉水，那敲金击石的铿锵流水声，能使愚人笑逐颜开，乐而往返。我虽然处境一般，但颇能用题诗作文来宽慰自己。我用愚拙的文辞来歌颂愚溪，便觉得茫然而不违、昏然而同归，简直超脱于天地尘世，融化在寂寥无垠的宇宙中，达到形神俱忘、空虚无我的境界了。

课堂笔记：涵养自己并保持一颗平常心，骤然临之而不惊，无故加之而不怒，处卑职而以非凡之情履职，乐看花开花落，喜赏云舒云卷。

茶山之钟与曾皙之志

如果说崂山的北九水是一个精雕玉琢的城市美少女，那么平度的茶山则是郊野的俏表妹。她们有同样的骨相，只是茶山少了一份精灵，多了一点质朴。

——平度茶山游感

听人说，原来茶山是一片火海，万物生灵难以存活下去。正巧八仙之首的铁拐李到茶山修行，见这里生灵受苦，便向天庭借来一口如意神钟，仙咒一念，钟里传出美妙的乐曲，十二条火龙挤到钟下看稀奇，这时只听"咣当"一声，它们被扣在了钟下，之后茶山才有了祥和、宁静。

山路上，想起子路、曾皙、冉有、公西华侍坐孔子的故事。孔子问他们各自的志向，曾皙说："暮春时节，我偕同五六个成年人、六七个少年，在沂水边赏赏春色，在舞雩坛上吹吹春风，一路上唱着歌走回来。"

曾皙的志向与那三人相比，颇不入世，却最得孔子赏识。其实，我也喜欢跟着曾皙去领略春景，沐浴春风，引吭高歌（你能说你不喜欢去吗？），可我对孔子对他的极力赏识一直没有悟透。忽然觉得今天听的这个"茶山之钟"小故事，和"曾皙之志"很有关联，原来降龙也不必十八掌！

可是我们跟着"曾皙"去哪里呢？我想，那应是一个礼乐治理下的和谐社会，当年，孔子给它取的名字是"大同"。

"三余"与"三味"

那年岁末，儿子从学校取回新的语文课本，开篇就是鲁迅先生的《从百草园到三味书屋》，恰好这文章也是我做学生时的最爱，便童心大起，兴之所至，利用寒假，与儿子携手来到绍兴，从三味书屋细细游至百草园，方知"书上读来终觉浅"，这"三味"自有它的味道和缘故。

进得书屋，上方有一匾，上写"三味书屋"，乃是鲁迅的老师寿镜吾的祖父所制。"三味"意为：读经味如稻粱，读史味如肴馔，诸子百家味如醯醢。"醯醢"其实就是调味品的意思，想那诸子百家常有"离经叛道"之作，各具风流，读来"味道"尤鲜，也在理中。

其实，早时寿镜吾老师的先祖创建书屋时，用的是"三余书屋"，指读书要利用"冬者岁之余，夜者日之余，阴雨者晴之余"之"三余"时间勤读勤学。后来，"三余"改成了"三味"，想是书屋的主人们在历代的教书实践中认识论不断上升的结果罢！

但到了寿镜吾时代，这个清朝的叛逆者便特意曲解了"三味"，即"布衣暖，菜根香，读书滋味长"，表达他甘当老百姓不攀附权贵、甘享粗茶淡饭不求山珍海味、只以认真体会读书之滋味为乐的心境，也另有味道。

說理篇

党委办公室工作的三个要义

办公室是什么？《现代汉语词典》解释为：机关、学校、企业等单位内办理行政性事务的部门。简言之，就是本级组织的综合办事机构。办公室的工作职责有哪些？办公室主要协助领导总揽全局、协调各方、确保本级组织高效有序运转。

那么，办公室工作又该如何做呢？常有人说，在办公室里就要"老老实实做人，扎扎实实做事"。听似简单，实则不易。办公室工作看似简单忙碌，甚至有单调、重复之嫌，其实深藏玄机、蕴涵玄妙，正如诸葛亮所说，"奇变莫测，动应多端"。然而，无论其何等玄妙，却有着基本的原则，有万变不离其宗的要义。如果用一本书来比喻办公室工作，可以说其朴素务实而又含蓄隽永，其言简意赅而又深邃高远。"它"既能让初入该系统的人找到由浅入深、由表及里的抓手，也能让多年耕耘的人找到通达顺畅、至臻入化的云梯。结合身边领导和同事的工作体验与自己的亲身体会，特总结党委办公室（下文简称"办公室"）里做人与做事应谨遵的"三个要义"。

第一要义：离中心最近，心中要装一"实"字，求实、务实、扎实

办公室是一个组织的总枢纽、总协调、总调度，一个"总"字形象地突出了其围绕中心、总揽全局的特点。围绕中心容易远离基层，总揽全局极易忽略局部，因此，办公室工作人员心中装着一个"实"字，对于实现"三辅政"的功能至关重要。只有摸实情，悟透上级组织的精神实质，摸清基层的真实情况，以谋辅政才能不走偏；只有出实招，发务实文件，写精品文章，以文辅政才能不务虚；只有求实效，办精会，办短会，节约成本，提高会效，以会辅政才能不空泛。

将心中的"实"字外化，在工作中就要讲求"三实"。

第一，求实。做一项工作，如同写一篇文章，贵在立意。《红楼梦》里的林黛玉曾向香菱私授作诗的真谛，"第一立意要紧。若意趣真了，连词句不用修饰，自是好的，这叫做'不以词害意'"。可见意之重要。求实之味，就是要先将工作之意立为实。党和国家的宏伟目标的实现，最根本地要依赖于党的创新理论向群众实践的转化。把工作之意立为实，这个转化便有了实实在在的基石，即使工作方法上有稍许偏差和失误，也终究不会对事业酿成根本性的危害；若失去实的基石，那"政绩"自然容易衍生为"政疾"，而且"政绩"愈大，"政疾"之害愈深。

第二，务实。务实之味就是要在工作过程中真抓实干。什么叫真抓实干？前不久，中共中央办公厅的一个调研组到各省市调研社会主义新农村建设情况，每到一处，除了地方安排的考察点外，他们还随机敲开了许多老百姓的家门，与普通农民拉起了家常，在拉家常中仔细了解"三农"政策在基层的落实情况，真正获取了第一手鲜活的资料。务实之味，在工作中其实就是要摸实情、讲实话、用实劲、出实招。在工作实践中，它并非是轰轰烈烈的，只要能将实的精髓体现于工作中的每一个细节，务实的工作作风便可以入木三分。

第三，扎实。扎实之味更体现于务求实效之中。什么是实效？实效就是实际的效益。求实的理念、务实的工作能不能带来经得起时间和实践双重检验的好的效益？答案是未必。千辛万苦招商引资，原以为是飞来的"金凤凰"，却演变为青山秀水的"污染源"；千方百计猛上项目，实指望能加快地方经济的发展步伐，却由于论证失误、工作前紧后松，使项目成为"半拉子"工程……其根本原因是背离了科学发展观的要求。扎实之味，就是要将科学发展、和谐发展、率先发展的思路扎扎实实地落实到工作中，不急功近利，不盲目决策，不好大喜功，追求实实在在的效益，并让这效益真正经得起实践和时间的"回头看"。

第二要义：离领导最近，心中要装一"民"字，察民、利民、亲民

古代先贤对民生问题高度重视，儒家治国理政思想的核心就是"民惟邦本，本固邦宁"，也就是说，以民为本，本治了则国家巩固，本乱了则会政亡人息。可见，只有把解决民生问题放在首位的政权才能长治久安，民生是发展，民生是政治。办公室工作人员是为领导服务的，而领导是人民赋予权力来为民服务的，所以，办公室工作人员虽在领导身边，直接为领导服务，然而归根结底是为民服务的，只有心中装一"民"字，才是为领导提供真正优质的服务的关键。

将心中的"民"字外化，在工作中就要讲求"三民"。

第一，察民。办公室工作人员要为领导当好千里眼、顺风耳，就要善于察民，不仅要"衙斋卧听萧萧竹，疑是民间疾苦声"，做察民的有心之人；更要像走亲访友一样常到老百姓那儿去看看，做察民的有情之人。否则，整天待在办公室，陷于文山会海，热衷于听基层汇报，看上报材料，坐而论道，很容易察得"木鱼"。而这种表面光鲜的"木鱼"往往成为错误决策、虚假政绩的"引柴"，不仅无益，反而有害。

第二，利民。在青岛市党政机关的年度绩效考核中，市委督查室首次引入电话民意调查，将民意调查结果以分值形式纳入考核，该项举措产生了很好的效果。成功的原因值得我们思索，倾听民声是前提，但更根本的是要将民意纳入政绩考核，以更有效地驱动和监督各级政府部门为民谋利。利民才会赢得百姓、赢得事业。利民的原则，不仅在办公室的重要工作中要遵守，在日常服务中更要深刻体会，"多去想我能为群众做什么，不想或少想群众能为我做什么"，这样的工作出发点是我们在干事创业中要谨遵铭记的。

第三，亲民。点点滴滴，情浓于水。办公室工作人员不仅要为领导服务，更要为群众服务。为群众服务，就要使群众更加亲近。使群众更加亲近首先要亲近群众。办公室的工作是微观的，亲民情感的表现更是具体的和实在的。例如，青岛市委办公厅实施首问责任制，在日常工作中，第一个接待来电、来访的人员为第一责任人，要求不管所承担的工作任务与来电、来访所咨询的问题是否有关，第一责任人都必须热情接待，文明礼貌，让人如沐春风；同时，还详细制定了几百字的接电话用语、打电话用语和人员接洽用语。通过将亲民纳入规章制度和人员考评，使工作人员为群众提供的服务更加规范、更富亲情，从而形于外而化于内，由表及里。

第三要义：离权力最近，心中要装一"慎"字，慎欲、慎微、慎独

有人说，办公室里都是办文、办事、办会的普通工作人员，何谈权力？其实不然，办公室有两个很重要的特点：一是其从属性，这一特点显性表现为办公室工作不能脱离领导者和领导机关独立存在，隐性表现为办公室工作人员处于领导的"权力圈"的辐射中；二是其功能的辅助性，显性表现为办公室工作人员为领导工作提供辅助，隐性却表现为办公室工作人员的思想容易对领导决策产生影响。因此，办公室工作人员要常怀律己之心，常修为政之德，常思贪欲之害；且由于办公室工作的服务性特点，所以办公室工作人员不仅要自慎，还应该成为领导身边可以"正衣冠，洗灰尘"的镜子，因此，心中更要始终装一"慎"字。

将心中的"慎"字外化，在工作中就要讲求"三慎"。

第一，慎欲。《格言联璧·接物》："持己当从无过中求有过；待人当于有过中求无过。" 2006年度"感动中国"组委会给著名学者季羡林的颁奖辞是："心有良知璞玉，笔下道德文章。一介布衣，言有物，行有格，贫贱不移，宠辱不惊。"季老一生非理之财莫取，非理之事莫为，节而不过，遂而不纵，而这一切皆来自他心灵的朴素。心灵的朴素不仅可以慎欲，更重要的是可以让自己成为欲望的主人而不是奴隶。作为离权力较近的办公室工作人员，面对林林总总的名利诱惑，若心存杂念，私欲膨胀，恣意弄权，把党和人民赋予的权力当作自己谋利或被他人利用谋利的工具，很容易走向反面；只有准确定位，正确取舍，做好"清心法"，不为名利、金钱、权势、美色所困扰，把个人的欲求置于群众欲求之下，才能让自己的人生乘风破浪、直济沧海。

第二，慎微。慎微就是要注意每一件细小的事情，从细微之处做起。许多事情都有一个由量变到质变的发展过程。广东省曾有一政府工作人员，最初把自家买水果、鸡蛋等日常用品的几十元、几百元开成发票报销，后来胃口越来越大，发展到几万元、几十万元地将公款贪为己有。可见，小节不保终累大德。小节并非无害，而是一切大害的开始，一次微小的失误如果不加以警示和制止，最终会酿成更大的失误，可以说"千里之堤，毁于蚁穴"。因此，办公室工作人员身处千头万绪、纷繁复杂的工作环境中，更要在慎微上下功夫，见微知著，防微杜渐，"去小恶以保本真，积小善以成大德"，不触高压线，不碰道德底线。

第三，慎独。《辞海》把"慎独"解释为"在独处时也能谨慎不苟"。慎独是儒家十分推崇、极力倡导的修身理念。在古代的典籍中，柳下惠的坐怀不乱，杨震的"天知、地知、你知、我知"，叶存仁的"不畏人知畏己知"等，无一不是慎独自律、道德完善的体现。慎独虽然是古人提出来的，但这些慎独的故事不老，慎独的精髓穿越了历史的长河，成为一种道德修养、一种自我挑战、一种高尚境界。办公室工作人员要时刻在内心建立一个"道德法庭"，做到"吾日三省吾身"，如鲁迅般"更多的是更无情地解剖我自己"，时刻对自我进行道德裁判，让慎独成为悬挂在心头的警钟。

总而言之，本文中提到的"三个要义"：求实、务实和扎实

120

的实要义，察民、利民和亲民的民要义，慎欲、慎独和慎微的慎要义，仅仅是办公室工作所蕴涵道理之九牛之一毛。如何在千头万绪、纷繁复杂的办公室工作中张弛有度、内顺外调，达到"大弦嘈嘈如急雨，小弦切切如私语。嘈嘈切切错杂弹，大珠小珠落玉盘"的境界，着实是一门精深的学问，需要我们在实际工作中用心学习、用心把握、用心体会、用心实践，悟透更多的要义，以提升自我的层次。

"识势" "谋势" "乘势"

———

　　国家赋予青岛建设上合组织地方经贸示范区、"一带一路"国际合作新平台、山东自贸试验区青岛片区、军民融合创新示范区等一系列国之重任；省委要求青岛打造山东面向世界开放发展的桥头堡，提出了以青岛为核心的胶东经济圈一体化发展策略。这一切，让青岛站在了新一轮更高水平对外开放的最前沿。

　　当前，高质量的发展为青岛带来前所未有的发展势头，它是迅猛的、激烈的，然而也是骤变的、稍纵即逝的。抓住势头，乘势而上，大有希望；畏首畏尾，错失良机，就会落后。势头带来了机遇、带来了挑战，也对各级党委政府和各级领导干部提出了一个严肃的命题。

　　"势"，本义指形势、势态、气势。孙子曰："故善战者，求之于势。"故"乘势"必先学会"识势"。"事""势"在汉语中读音相同。"识事""识势"，是领导者不同的思维和能力层次。"识事"属于战术层面，"识势"体现的是一种战略思维。"识势"就要分析走势，认识规律，制定战略，科学权变。"识势"的领导者应具有远见卓识，能预见风险、未雨绸缪，能发现机遇、赢得机会。

青岛正乘势而上、聚势而强，未来可期。未来可期，但必须努力奋进。前有宁波、无锡，后有长沙、郑州，青岛的竞争压力不可谓不大。唯有抓住政策叠加的大好时机，以打造对外开放新高地、桥头堡为目标，瞄准深圳、上海对外开放样板城市，打好组合拳，才能实现更高水平的发展。

"识势"是为了更好地"谋势"。"谋势"直接关系大局的成败。古人云："善弈者谋势，不善弈者谋子。"从那些卓越领导者的工作模式中不难发现，他们会巧妙地维持人、过程和目标之间的平衡！海尔的张瑞敏深得"谋势"精髓，常说，"先谋势，再谋利"，积小胜为大胜。他带领海尔从一破败的小厂起步而终得家电业之天下大势，又乘风破浪开辟了工业互联网发展的快车道。

在发展的势头下"谋势"而上，应做到：眼界要宽，必须把青岛的发展放在全省、全国乃至全球的大环境中来谋划；理念要新，要理顺开放、创新、改革的逻辑关系，用平台思维、生态思维开拓发展新局面；动作要快，要雷厉风行，见事早，谋划快，转变路数，改变打法，做到高人一筹，抢上头班车、抢进快车道。

独揽梅花扫腊雪

古代散文中有许多名篇佳作，读之朗朗上口，听之铿锵悦耳，如深山的泉水，似月下的箫声。这种优雅的意蕴正是语言的音律美在读者心里的映射。正如清人刘大櫆在《论文偶记》中所说："积字成句，积句成章，积章成篇，合而读之，音节见矣；歌而咏之，神气出矣。"

表现语言音律美的重要途径是讲求文字的节奏美。音乐中的节奏，是有规律的反复，有快慢之分。语言的运用也十分讲究音节匀称、句式整齐，从而使文字的音韵和节奏相和谐，使语言产生节奏之美。1944年10月1日，延安《解放日报》拟发社论，将原题目改为"新四军的胜利出击与中国的解放事业"，词与词的协调对称产生了节奏之美。1983年被评为"全国好新闻"的人物通评《妈妈教我放鸭子》中写道："天天，我手拿一杆金枪，脚踏一叶扁舟，当上了'鸭司令'，早晨，披着星光去；晚上，踏着月色回。夏天热，冬天冷，苦楚是少不了的。"文字对偶整齐，合节合拍，节奏美产生了音律美。

语言的音律美还体现为字与字之间的和谐之美。古诗名句："独揽梅花扫腊雪"，巧的是，和音乐简谱"1234567"（哆来咪发索拉西）极为相似，产生了声情并茂的音乐美。老舍先生说："写文章，不仅要考虑每一个字的意义，还要考虑每个字的声音……比如，我在报告当中，上句末一个字用了一个仄声字，如'他去'，下句我就用个平声字，如'你也去吗？'让句子念起来叮当地响。好文章让人家愿意念，也愿意听。"1982年1月25日的《人民日报》一版有一个标题："座上清茶依旧　国家景象常新"，标题对仗工整，平仄协调，有和谐之美，而和谐之美表现出音律美，音律美令文笔生辉。

此外，语言还讲究数字之美。如果能将数字巧妙地"镶嵌"在语言中，数字也会流露出独特的美学效果和艺术魅力，表现出一定的音律美。毛泽东同志的名句"我军万船齐放，直取对岸"中，"万船"是概而括之，言之多也；不是实指，而是虚指；不是精确的计算，而是抽象的概括，具有"模糊数学"的性质。在这里，实数虚用增强了语言在音律上的气势，让人联想出百万雄师过大江的壮阔场景，达到了夸张美的艺术效果。

应该说，音律美对于文字正如气质美对于人一样至关重要，富有音律美的文学作品仿佛拥有鲜活的灵魂，充满了灵动与清新。

花生与"花"生

在书里看到一句话："豆腐和花生一起吃，有烤鸭的味道。"这个……需要试一试。但是烤地瓜和炒花生一起吃，算得上天下香也，我确认。

如果生花生和晒干的蛤蜊肉一起吃呢……读军校时，家人捎了这两样岛城特产给在上海读书的我。按照分享惯例，每间女生宿舍都送了一些，不到半个小时，特产陆续被送了回来。一个北京女孩诚恳地说："谢谢你啊，是不是你在海边长大的所以能吃得惯？可我们都吃不惯啊。"她走后，我才想起，哎呀，我忘了告诉她们这两样东西不能同时一起吃，否则会成为天下第一涩腥。

哎，花生还是那个花生，但和其他食材在一起，就会酿出不同的味道。大概人和人之间的缘分也是如此，每个人都是一粒花生，每粒花生都有自己的烤地瓜和干蛤蜊肉。

所以，作为一粒花生，且不要因为遇到干蛤蜊肉弄出的涩腥而把自己看得一钱不值，也不要因为遇到烤地瓜酿出的天香以为自己就是珍馐。

你就是那粒花生，从土里来，从根上结，从壳里剥，也会从口中入……最终，还是回归泥土，那是你的来处。期间，无论是遇到烤地瓜酿出香，还是遇到干蛤蜊肉生出腥，都是你的经历、你的宿命、你的"花"生。

说理篇

"领"与"导"

在人的世界里有领导者，在藏獒的世界里有獒王。獒王的地位要靠自己的魅力与勇猛，尤其要靠与狼、豹等猛兽搏斗的战绩来赢取。獒王靠它的领袖气质、勇敢精神和领导技巧，带领藏獒群在海拔四千米以上、氧气稀薄的高原，在狂风肆虐、连空气都要被冻凝的雪域，在雪豹与野狼的环伺之中，顽强并骄傲地生存下来。

在我们的社会大系统中，几乎每一个职位都需要"上下协调联动，左右统筹互动"。从某种意义上，无论你位高位低，无论你责重责轻，都会成为某个团队某一方面的"领"者或"导"者。在竞争日趋激烈的社会大演兵场上，人人都有可能成为领导者，那又该如何解读并演绎獒王生存法则里的"领导哲学"呢？

应该说，动词"领导"中的"领"和"导"是对立统一的关系。一方面，只有"领"好了，"导"才能起作用，"其身正，不令则行；其身不正，虽令不从"。"领"者最为重要的是要以身作则、言行一致，带头实践自己所提倡的道德标准和价值观念。獒王驱动藏獒群最有效的办法，就是自己一马当先跑在前面。在草原上，当你看到一大群藏獒风驰电掣地奔向一个目标时，会发现那跑在最前面的必然是一只体形伟岸、凶猛异常的藏獒，那就是王者的风范，唯有如此，獒王才成为獒王。作为藏獒首领的獒王，它所承担的更多的是责任和义务，而不是养尊处优的特权。如果每个团队的"领"者都能坚定理想信念在铸牢精神支柱方面起表率作用，加强道德修养在立身做人方面起表率作用，正确掌权用权在实践为民服务宗旨方面起表率作用，注重学习在提高理论素质和文化修养方面起表率作用，所形成的领导者的人格魅力，将是一种无声的命令、一种巨大的精神激励因素，会起到"不令而行"的作用，由此，许多问题就可以解决或者容易解决。

另一方面，只有把群众的积极性最大限度地"导"出来，并合理地加以利用，才能增强"领"者的威望。獒王显示出的力量，绝不同于单只藏獒的勇猛强悍，而是通过藏獒群整体行动显现出来的。在每次重大行动之前，獒王总会与"德高望重"的年长者"窃窃私语"，征求它们的意见，因此，獒王的目标就是整个藏獒群的目标，而藏獒群的目标就是每一只藏獒的目标。孙子云，上下同心者胜，作为藏獒群的领导者，獒王这种顺应"獒心"的领导方法，总能激发起每只藏獒体最大的热忱与潜能，从而产生巨大的集群效应。一个有影响力的领导对群众应有强大的感召力和凝聚力，善于集中群众智慧，善于把群众的创造精神转化为物质力量，在团体中促成强有力的合作，为实现统一的目标而奋斗。在中国革命的实践中，我们党之所以能力挽狂澜，战胜前进中的各种困难，都是由于顺应了人民群众的意愿。能不能把团队中的个体动员、活跃、组织起来，使其投入各项事业中去，最终达到理想的效果，这是对领导者素质的综合考验。

让制度"活"起来

　　管理是什么？有人说，管理的最高境界是看不见管理者。看不见管理者的管理又是怎样实现的呢？最重要的是依靠制度管理，或者说让制度"活"起来。

　　让制度"活"起来是管理的本质。走进百姓家修理空调的海尔员工，身边没有"眼睛"，但却不喝顾客一杯茶，不抽顾客一支烟，真诚服务，这种管理文化的实质就是让制度从手册里走出来，从墙上走下来，进入被管理者的脑海中，从而让制度真正"活"起来。

　　俗话说，没有规矩，不成方圆；同样，没有规范，不成管理，而制度又是规范的保证。为了保证有序运转，无缝衔接，每个单位都会建章立制，甚至一个小小的传达室也会制定"来客须知"，管理对制度的依存程度可见一斑。只有让制度"活"起来，管理才能实现其目的。

　　让制度"活"起来是依法行政的必然要求。在一个南方城市的大型招商会上，一位外商说："这优惠也好，那优惠也好，其实能按照制度办事就是给我最大的优惠。"管理者的能动性自然可以大大提升管理的艺术性，让制度执行得更有韧性和温度。但是，作为人，管理者也有七情六欲，在遇到棘手问题时，难免会出现"情大于理"的情况，一旦绕不过去，轻则造成弹性或韧性空间过大，有失偏颇；重则导致恣意妄为，甚至违法乱纪。只有让制度"活"起来，建设法治政府才能成为可能。

具有科学性的制度才具有活力，才能"活"起来。制度最终要靠人去制定，决策者在制定制度过程中要有科学思维，坚持民主程序，集思广益，充分运用群众的智慧；还要有科学的程序，充分调研，让制度来源于实践，并在实践中反复论证，使其经得起考验；更要有创新意识，只有创新才能让制度永葆青春，使制度服务于不断发展的实践，才能真正"活"起来。

"动车组效应"与全民参与

　　火车跑得快，普通火车"全靠车头带"，而现在的动车组却是"节节都要快"。动车组运行不仅仅靠火车头的动力，一些车厢自身也有动力，从而形成同时同向发展力。在解放思想大讨论活动中，青岛市北区多措并举，让大讨论从机关大楼走向街头巷尾，迅速在全区掀起了"领导干部带头学、各级干部齐研讨、全体居民共参与"的大讨论新热潮，收到了良好成效。究其秘诀，其在大讨论中运用了"动车理念"，全民参与，从分力上要合力，从广度上求热度，产生了"动车组效应"。

　　解放思想需要全民参与。解放思想是为了推动经济社会更好地实现科学发展、和谐发展和率先发展。发展为了群众，更要依靠群众，每个单位、每个部门、每个人都要成为发展的动车，而不是发展的拖车。解放思想全民参与，才能让每个个体转变观念，实现思维方式和工作方式的革新，成为设置了"动力装置"的车厢，把被动的"要我干"转化成"想干事、会干事、敢干事、干成事"，都为集体助推，而不是拖着走；要克服上动下不动、前动后不动、你动我不动的问题，最广泛地激发各级政府部门广大党员干部和群众创业发展的积极性和工作热情，从而把个体的能力汇集成集体的合力，使集体的合力转变为发展的动力。

全民参与更要领导干部带头。动车组的合力来自车头的牵引力和车厢的推动力。车头的引领决定了动车组前进的方向，车厢的推动力来自分力的合成。在大讨论的组织模式中，青岛市北区采取了"领导干部带头学、各级干部齐研讨、全体居民共参与"的"动车组模式"。领导干部是解放思想的车头，车头引领着前进的道路，只有车头带动有力，方向准确，才能确保各级干部齐研讨、全体居民共参与中产生的分力方向相同、形成的合力最大，从而确保大讨论有目标、有方向、有动力。

全民参与重在群众参与。动车组运行起来又快又稳，可以说是又好又快的良性结合。青岛市北区将解放思想大讨论分解为社区居民、中小学生、新市民、机关干部、驻区企业、驻区部队官兵等多个板块进行，通过演讲比赛、志愿服务、实践活动、现场观摩、事迹报告、军民共建、文体活动等多种形式开展主题讨论活动，由于重心下移，贴近基层，贴近群众，发动群众，从而让大讨论更有活力、更有激情、更有氛围，达到了良性互动、持久推动的效果。

"行"与"思"

古语说："天下最大事，莫非万民之忧乐。"作为执政为民的施政主体——公务员，只有"行事要思万民之忧乐"，把人民满意当作第一追求，才能够"心系群众，服务人民"，立足本职，做好这"天下最大事。"

"行事要思万民之忧乐"，就是在行动上要"行"民本作风，在思想上要"思"民本意识。

"行"民本作风首先体现为在工作中要学会调查研究，即带着问题到群众中去，学会换位思考，站在老百姓的角度去找群众最关心的难点、疑点和热点问题，只有这样，才会钓到"活鱼"，而不是钓到为了营造虚假政绩的"木鱼"。"活鱼"是为民决策的前提，决策只有为民，干部的权力才能转化为实实在在为民谋利的实际行动，也才能在实践中真正体现"利为民所谋"的民本意识。

"行"民本作风还体现为要带着责任去工作。我们的权力是人民赋予的，我们的平台是人民给予的，我们在工作时要对人民负责。唯有对人民负责，才能在工作中心里装着群众，诚心诚意为民办实事；唯有对人民负责，才能在工作中依靠群众，尽心竭力为民办难事；唯有对人民负责，才能在工作中一切为了群众，坚持不懈地为民办好事。当职责成为"为民办事"的责任时，这一过程也就体现了"权为民所用"的民本意识。

"行"民本作风还体现为要学会带着感情去工作。老百姓的眼睛是雪亮的，老百姓的爱憎也是分明的，带着对老百姓的感情去工作，我们的公仆形象才能在行动中得以树立，才能得到群众真心的认可与支持，才会获得坚实的群众基础。当这种"喻之如雨水，比之如骨肉"的情感被带到工作中时，我们的工作也体现了"情为民所系"的民本意识。

"行"后深"思"之，通过民本作风的养成进一步强化民本意识；"思"而再"行"之，民本意识要在实践中淋漓尽致地体现出民本作风，从而使"思"与"行"、民本意识与民本作风相辅相成、相增相长、相得益彰。

一枝一叶最关情

"邻里纠纷有人调解吗？垃圾集中处理了吗？得了感冒等小病去村卫生所看放心吗？"这些看似老百姓之间"拉呱"的话题，如今变成了青岛市委、市政府"民考官"的考题。

民意调查，将民生的"一枝一叶"作为"民考官"的考题，利用电脑智能拨号选取调查样本，并通过计算机辅助电话调查系统进行数据统计，可以说，不仅为民意的真实表达提供了良好的渠道，而且迅速、客观、公正地了解了广大城乡居民对青岛市委、市政府决策事项的认知度、知晓率，有效保障了公民的知情权、参与权、监督权、决策权。

民意调查问卷涉及老百姓子女入学学费、社区就诊、垃圾清运、小区治安巡逻、村内看电影等方方面面，从表面上看，似乎都是些"难登大雅之堂"的家常琐事，然而，虽是"一枝一叶"，却关乎民生。民生，是全局的，和谐中国的构建，有赖于此；民生，是宏观的，修齐治平的理念，系于一脉。但民生，尤其具体；民生，非常细微。大学食堂的饭菜、农民看病的花销、搬迁户的苦衷、蔬菜价格的涨跌、低收入群体的住房、井下矿工的安全、低保老人的取暖、下岗职工的公交卡、方便面的价格、城市的交通阻塞、风景区门票的收费……林林总总，一桩桩、一件件地安排妥帖了，才是真正地把"发展为了人民、发展依靠人民、发展成果由人民共享"落在了实处。

中央党校教授曾叶松说，民主的"主"如果少了一点就会变成"王"。民意调查，可以说是真正在用"群众满意不满意、高兴不高兴、答应不答应"这把尺子来衡量官员的政绩，不仅实现了用民意来"考"官，而且成为公民有序参与政治的良好途径。笔者在为民意调查举措叫好的同时，也衷心地祝愿随着我国民主政治进程的推进，民意调查越来越贴近民生，越办越好，真正惠及百姓的生活。

漫谈和谐接待

随着信息时代全球一体化进程的突飞猛进和科学技术的日新月异，在愈演愈烈的国家与国家、地区与地区、行业与行业的竞争中，人才，毋庸置疑，成为世界第一制高点！

接待是政治，接待是生产力，接待是城市的名片，在某种意义上，政务接待队伍已成为影响地区经济社会发展、进步的因素之一。政务接待工作者整体素质的高低，将对一个城市的发展起到一定的作用！功以才成，业由才广，那么，政务接待人员应如何在实践中增长自己的才干，以为城市的进一步发展贡献力量呢？

用智慧接待，善谋全局

政务接待工作不是全局，却关乎全局。政务接待工作的全局性体现为重大接待任务涉及各部门，如医疗、警卫、新闻等部门。诸葛亮曾说："奇变莫测，动应多端，转祸为福，临危制胜，此谓之智将。"如何在重大接待任务中做到张弛有度、内调外顺？善用智慧，用哲学的思维谋划全局，是和谐接待的第一要素。

用哲学的思维谋划全局就是在接待工作中要处理好重点和整体的关系，在重点工作中求突破。任何事物都有主要矛盾和矛盾的主要方面，抓住了主要矛盾和矛盾的主要方面，就是抓住了根本，抓住了"牛鼻子"。接待工作面广量大，如果工作不分主次，眉毛胡子一把抓，就会样样抓样样松，甚至打乱仗。

用哲学的思维谋划全局还要善于处理原则性和灵活性的关系。任何事物的发展都是不断解决矛盾的过程。这一过程能否完成很大程度上取决于"坚持原则性"与"掌握灵活性"的和谐共存。政务接待属于高端接待，具有很强的政治性，因此，工作中首先要把原则性放在首位，不同的来宾有不同的接待标准和接待方法，必须严格执行上级有关规定。但死板教条、墨守成规却是万万不行的，必须要有一定的灵活性和可变性。一方面，严格按照接待方案的要求办事，不折不扣地落实；另一方面，根据接待任务中随时可能出现的新情况、新问题，着力提高应变能力。每次接待任务，都要做到想在前、谋在先，切实加强对任务的分析、排查和研究，制定出各种预案。

用思想接待，以人为本

曾有理论家分析，在未来高层次的区域和组织的竞争中，思想将成为世界上最强大的力量。卓越的管理者将会越来越弱化其行政管理职能，而趋向在精神上形成巨大的感召力。因为，经营思想才能让个体和组织变得更具效率和活力，更富有价值和智慧。

政务接待是由参与接待任务的几十甚至几百位人员共同完成的群体行为，具有很强的系统性，因此，和谐接待首先源于政务接待人员思想上的和谐与统一。

有了思想上的和谐，这一"上下互动、左右联动、指挥有力、渠道畅通的接待快速反应机制"便会在现实中真正形成。

那么，政务接待人员应具有怎样的和谐思想呢？

思想要有境界。修养的最高境界是淡泊名利，无私奉献。清代陈伯崖有句至理名言："人到无求品自高。"这里说的"无求"不是对学问的漫不经心和对事业的不求进取，而是告诫人们要摆脱功名利禄的羁绊和低级趣味的困扰，为高尚的事业而奋斗，这是政务接待人员应尊崇的修养境界。政务接待工作标准高、任务重、要求严，吃苦奉献是家常便饭，若不注重加强自我修养，很容易陷入个人主义的泥沼。只有摒弃私心杂念，保持常醒，把日常的具体工作看成"忠心为党，诚心为民"的高尚的事业来做，才能卓有成效地开创佳境，最大限度地促使组织与个体双赢互利、充满活力、富有创造性，取得辉煌业绩。

思想要"圆融"。事物是千差万别的，人的思想更是如此，因此，和谐并不是指完全同一，而是指事物多样性的有机统一。要达到"和"，就要学会协调各种利益，综合不同意见，化解复杂矛盾，在"不同"中追求"和"的境界。政务接待工作尤其如此，在面对多区域文化、多地区客人、多类型合作者等"不同"时，接待人员要成为"轴心"，去疏通栓塞、突破瓶颈、破除对立、化解各方矛盾。同时，由于政务接待工作都是以"短平快"的形式完成的，彼此没有更多的时间去做深入交流，善于理解他人固然是优点，但在接待中被他人理解是更高的境界，因此，政务接待人员不仅需要具备高超的沟通交流技巧，更要有"圆融"的思想做内核。

用细心接待，成就完美

政务接待任务的圆满完成是靠一个个小环节有序运转、无缝衔接实现的，所以，从构成要素来看，政务接待工作是由一件件小事组成的，然而这一件件小事叠加起来却是大事，因此，接待无小事，小事连着大局，细节连着形象。从某种意义上说，如果我们把接待任务看成一种产品，那么这个产品的最大特点就是它的"一次性"，即便是再小的瑕疵也是永远无法回炉的，即所谓的"100−1＝0"。因此，很多单位的工作可能是"一俊遮百丑"，而政务接待工作却是"一丑遮百俊"。所以，和谐接待最重要的是关注细节。

强化细节理念。在政务接待工作中，细节决定成败，细节反映精神面貌，细节体现能力，细节检验工作作风，因为愈是对高层次对象的接待，愈要注重对每个细节的精雕细琢。用细节接待，培树接待主体——政务接待人员"细节决定成败"的理念至关重要。在具体的政务接待工作中，既要学会用哲学的思维站在全局的高度去把握全过程，又要学会从细节着手、关注细节。

未雨绸缪做预案。政务接待工作一旦正式开始，接待人员就必须全力以赴，既要严格按照既定计划运筹，又要随机应变，因此要想在接待工作中把小事做细、做精、做完善，就必须未雨绸缪。对重大政务接待任务，一般应由牵头部门召开相关部门负责人协调会，召集相关部门具体负责任务的同志开落实会，认真核查每一个细节、对接每一个环节，确保无缝衔接、有序运转；遇重大政务接待任务，应提前进行模拟演练，与接待任务中涉及的有关部门等预先沟通，协调周全，甚至对于迎送地点、具体时间、联系人员、天气情况、客房的室温水温、床上用品颜色、客人的饮食习惯等都要细致了解并做出周密安排。

"零失误"构建网络系统。和谐接待就要体现"和"与"合"，只有"合"才能实现真正的"和"。政务接待是一项需要多个部门密切配合、协调一致才能顺利完成的系统工作。当有突发任务或在重大任务中出现突变情况时，接待人员应在短时间内，有时甚至要在几分钟内调动各种资源，迅速完成路线、地点、内容的变换，这就要求必须建立一个上下互动、左右联动、指挥有力、渠道畅通的快速反应机制。一旦遇突发任务或有临时变动，可以通过这个机制快速反应，把指令和信息及时传递下去，做到不误事、不误时、从容应对，确保万无一失。

用礼仪接待，和谐共存

我国古代一位思想家曾说："人无礼则不生，事无礼则不成，国无礼则不宁。"政务接待工作的重要特征是有很强的礼仪性，可以说，"无礼不成接待"。多年来，我们在政务接待工作中一直遵守热情有度、周到细致、内外有别、节俭务实等常规性礼仪，但随着接待对象层次的提高和价值观的多元化，这些常规礼仪却为新时代的政务接待工作带来了一些不和谐的音符。

某领导在上海搭乘磁悬浮列车，乘务员态度和蔼，举止有礼，亲切问候："您来过上海吗？"事后，被亲切问候的客人多有不快，自我端详，历数已来过上海56次之多，遂问随员："你看我像没来过上海吗？"

在接待工作中，如何克服不和谐之音，用礼仪构建和谐接待呢？

讲求规范性。政务接待工作有严格的礼宾规格要求。俗话说，"没有规矩，不成方圆"，政务接待工作中的礼宾规格实质上指接待人员在接待活动中对礼宾接待对象所必须遵守的、已被先期正式规定的一系列具体的标准。作为一种专门规定、专项标准或者具体要求，礼宾规格的规范性甚强。它对于政务接待人员在接待工作中的"有所为""有所不为"规定得一清二楚。政务接待人员应重点把握其基本原则。有了这些原则作为指南，处理问题时才会游刃有余。

注重差异性。在遵守相关规定的基础上，还应特别注重在了解来宾前提下的"因地制宜"。早在半个世纪前，毛泽东同志就从战略高度出发，对这种差异性做过明确指示："认清来宾，是你们做好工作的首要步骤。"在政务接待工作中，要充分了解接待对象，有所差异地使用接待礼仪。

探求适度性。诸葛亮曾如此定义"礼将"："贵而不骄，胜而不恃，贤而能下，刚而能忍，此谓之礼将。"可见，实现与来宾"和谐共振"的最基本要义是适度把握。频率快了，频率慢了，都无法实现"共振"。诸如，越是重要的接待任务，接待人员说话的语气就越重要。一方面，在交谈中，接待人员的语气必须给人以平等之感。所谓平等，就是接待人员既不能居高临下，目中无人，也不能阿谀奉承，不讲原则。另一方面，接待人员在交谈中的语气必须给人以有礼貌之感。简言之，就是要求其在谈话中始终尊重对方，重视对方，知礼、讲礼、处处守礼。不仅语气，在仪容、表情、举止、服饰等礼仪规范的把握方面，适度性也是一个重要的标准。

邯郸小赋

有一种创新叫梦想

　　世界园艺博览会的雏形其实是中世纪时欧洲商人定期举办的一个集市，用来进行初级商品的现场交易。后来，它却跃身一变，脱胎换骨，演变成为能体现"人类文明进程和人类对未来理想世界企盼"的展会。据说，这跟一位女王小小的梦想有关。

　　最初，女王想建一座房子来举办一个集会，所以就让园林师用玻璃和钢铁建造了一座花房。结果园林师把花房建得很大，所以花房成了历史上颇负盛名的水晶宫。

　　花房建成了，女王想约一些朋友来"交流"，便写了一些邀请信。当然，因为她是一位女王，所以她的信就成了外交函，并且一不留神竟然开创了历史上首次通过外交函邀请参加大型展会的先例。

　　当然，因为她是女王，所以她的朋友层次就高一些，带来赏玩的礼物也高级一些。朋友们陆续来了，种类林总，体现了当时的时尚。

　　这样，因为"水晶宫+外交函+时尚礼物"，这个小小的梦想就变成了一次历史上伟大的创新，这个普通的集会也因此脱胎换骨变成了人类历史上第一次世界园艺博览会。

　　创新是推动人类进步的动力，而每一个小小的梦想都孕育着一次次的创新。"有梦想谁都了不起，有勇气就会有奇迹。"请珍惜自己的工作和生活，不要放弃对工作、生活和人生的梦想，因为那是心灵飞翔的翅膀。

好举措与做大做强

　　近日，青岛市北区以建设"民生创业中心"作为富民强区的新的切入点，政府搭台，为民生撑起一张张"捕鱼"的小"网"，变传统的"授之以鱼"为"授之以渔"，逐渐形成"十里商贸长廊，万家创业灯火"的夜经济长廊，不啻为一项民生为重、富民优先的好举措。

　　好举措好在有远见。做大做强民营经济是青岛市委、市政府富民强市的一项重要举措。当然，从表面来看，小商小贩经济充其量算作"小打小闹"，似乎在做大做强民营经济的"千里之外"，但是，谁能确保这株株幼小的树苗十年后不会"树"成参天之栋梁？香港企业家霍英东正是从帮助贫穷的母亲经营貌不起眼的杂货铺开始，杀入商海，审时度势，抓住机遇，成就一生；无独有偶，李嘉诚也是从倒卖旧教材，为自己掘得驰骋商场的"第一小碗金"。厉以宁曾预测，未来中国的民营经济将占据国民经济60%的江山，民营经济将真正成为经济发展的主动力。着眼长远，创新模式，科学运筹，"小打小闹"其实蕴含着做大做强的无限生机和发展潜力。

　　好举措好在务实效。以往困难群体主要靠政府救济维持生存，谋生能力较弱，社会资源缺乏，生活相对困难。因此，区政府不仅给予其政策，更重要的是手把手地将其"扶上马、送上路"，为每户经营的首批商品实行"全包"，采取免息贷款、统一采购、统一配送、免除费用、无偿退货等举措，真正给经营的业户吃了"定心丸"，解其风险之忧，做到实帮实助。单纯地制定一系列富民政策是容易的，最重要的是要在抓落实这一环节上求真务实。在从政策到实践的转化过程中，只有不搞花架子、不做大呼隆，真正做到具体问题具体分析，求实、务实、扎实，将党和国家好的富民政策落到实处、务到实效，才能将"小打小闹"转变为"真抓实干"，成为事业做大做强的根本保证。

好举措好在讲和谐。应该说，夜经济长廊为困难群体搭建了平台，在充分释放出这一特定群体活力的同时，势必会带来诸如环境破坏、交通受阻和秩序混乱等负面因素，容易给当地居民带来麻烦，制造矛盾。为此，该区制定了诸如成立夜市管理办公室，对摊位实行划线定位、经营时间、经营设施的"三统一"政策等一系列务实可行的管理措施，确保工作规范、有序地展开。实现经济社会又好又快地发展，发展是第一要务，人民满意是第一追求，但和谐稳定始终是我们的第一责任。只有在干事创业中想和谐、求和谐，才能真正实现为民干事、团结干事，由此，做大做强也就有了科学的基础。

培育健康的公民意识

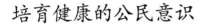

当前，关注民生问题成为和谐社会构建的主旋律。在政府机关作风整顿、工作绩效提高过程中，在关注民生，真正建立起一条解民意、集民智、谋民利的绿色新通道过程中，各种各样的民意调查成为主旋律中的"领唱"。从青岛市社情民意调查中心近一年来围绕青岛市委、市政府关注的重点和市民关心的热点所进行的20余项电话民意调查来看，该种做法通过将民意引入监督机制和驱动机制，有力地促动了党政机关的各项工作，成为党政机关"问政于民，评政于民，议政于民"工作中一道亮丽的风景线，推动了政治民主化的进程。

民意调查是由调查者和被访问对象共同完成的一项系统工程，在"民考官"的同时也实现了"官考民"。在电话调查中，绝大多数百姓体现出较好的素质，但并非100%的被访对象都能交上一份合格的答卷，个别被访对象拒访、推脱，甚至还有偏激情绪。因此，从一定角度讲，在我们政治民主化推进的过程中，提高百姓政治心理的成熟度应该与其同步。

当前，政治心理的不成熟主要表现为个别百姓公民意识的缺失。所谓公民意识，是指一种理性的自我意识，即公民意识到自己与他人、国家、社会的关系，意识到自己在这些关系中享有的权利和应尽的义务。

在调查中，有的群众认为民意调查纯属政府的事，与己无关；有的群众不知道这是匿名调查，担心一旦说了实话会遭到报复，忘了自己应该享有的权利；还有的群众问民意调查有没有奖励，参与积极性不高。这种公民意识的缺失主要表现了公民主体意识、权利意识、参与意识和监督意识的不足。公民意识的缺失还体现在个别被访问对象明显欠缺法律意识，在充分享有公民权利的同时，没有履行依法行事和尊重他人的义务。如有位居民曾经带着水果去医院看望街道办事处一名住院的工作人员，不顾工作人员反对强行留下水果离开。之后因所求之事被拒，这位居民便到处状告该工作人员在执行公务中有索贿行为等。

公民意识的部分缺失，不仅体现了百姓的政治心理不够成熟，同时，也容易使许多"问政于民，评政于民，议政于民"的好举措成为缺乏民主精神的"空壳"。

伴随着政治文明进程的进一步推进，培育健康的公民意识势在必行。其一，应该通过多种途径加强对公民意识的宣传和教育。其二，还应广开渠道，继续扩大百姓参政、议政的范围，让百姓积极地参加到各种政治实践中，毕竟，只有在政治生活实践的真实体验中，百姓才能深切地认识到健康的公民意识的内涵和重要性。其三，以民意调查为平台，建立起一个包括民意问讯制度、责任追究制度、结果反馈制度、考核监督制度等在内的运转有序、良性互动的链条，进一步增强民意调查在百姓心中的效力和影响力。

牵住管理的"牛鼻子"

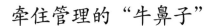

绩效评估作为一个世界性的课题，已经引起国内外专家的高度关注，其研究领域呈现出"多雄争霸"的局面。随着我国行政管理体制改革的逐渐深入，政府绩效评估被国务院确定为今后行政管理体制改革的重要创新领域。有专家指出，绩效评估是管理的管理，是更高层次的管理。听来绕口，仔细品之，颇有道理。

如何牵住管理的"牛鼻子"呢？笔者认为，要让绩效评估牵住管理的"牛鼻子"。在政府绩效评估中应做到如下几点。

其一，纠偏性。绩效评估体现出的价值趋向永远都是引领工作的导向标。青岛市政府开展的目标绩效考核，由于更加注重民意、务求实绩，在实践中较好地引导了各级政府部门以民生为重、真抓实干。牵住管理的"牛鼻子"，首先要发挥"导向标"和"助推器"的作用。在目标设定阶段，青岛市紧紧围绕市委市政府的远景目标，科学定标，确保各级政府部门目标方向一致，分力叠加产生最大的合力，避免各级政府部门在具体管理中"各敲各的锣，各打各的鼓"。在考核阶段，找准各级政府部门在管理中与实现经济社会又好又快发展要求相偏离的"误区"，越是有"误区"的领域，在绩效评估中越要"强化评估"：针对不顾百姓利益搞虚假政绩的现象，要强化"异体评估"，让百姓考，让专家评，让服务对象评估；针对常规指标考核难以评估却是发展过程中必须解决的难点和热点问题，通过民意调查予以强化考核，纠正管理中存在的问题。

其二，管理性。很多人有意无意地把绩效评估与奖惩画等号，认为绩效评估就是优、良、中、差的排序，就是晋级奖励、淘汰惩罚的一种奖惩手段，其实这仅仅是绩效评估的一个特性——考核性，但绩效评估不单纯是为了简单的考核而存在。要牵住管理的"牛鼻子"，在实践中，更应当让绩效评估成为提升被考核者绩效水平的推进器，即体现出另一个重要的特性——管理性：引导被考核者通过"考、比、树"，找到修正自身发展方向、提升管理水平的参照；从强调考核对象间的比较转向对对象个体的发展诊断；更加重视对管理过程的控制，帮助管理者提高管理水平。青岛市政府在2020年的目标绩效考核中，针对市民提出的热点、难点问题，由市考核办精心梳理出77个问题，按照属地化管理原则，逐级分解任务，层层落实责任，采取跟踪督查、联合督查、专题督查等手段，要求责任单位限时整改、及时反馈答复办理情况，并对责任单位、责任人实施问责制度。可以说，举措虽小，却是绩效评估体现其管理性的一个很好的例证。

其三，互动性。要牵住管理的"牛鼻子"，仅仅抓住"牛鼻子"还远远不够，关键是要在牵的过程中不放手，这在绩效评估中就表现为考核者与被考核者进行双向沟通的动态过程。一个完整的绩效评估体系包含设定绩效目标、记录被考核者的绩效表现并为其绩效目标的完成适时提供合理的资源支持与业务指导、期终绩效考评与反馈沟通、绩效考核结果的合理运用等内容。在绩效评估过程中，互动性是其灵魂所在。不管绩效评估设计得多完美，都不可能做到"放之四海而皆准"，在实际推行中会碰到各种矛盾，而及时沟通和反馈是解决矛盾的良药。青岛市政府在绩效评估的改进过程中，全面走访被考核者，征询意见和建议，广纳良言，科学修正，进一步提高了被考核者的参与积极性，减少了考核过程中的阻力，保证了考核的客观、公正进行；在绩效评估过程中，强化日常考评，随机督查，跟踪督查，建立起良性的双向互动机制，使被考核者能及时调整努力方向。这一良好的互动过程，无疑为绩效评估增添了"润滑剂"。

综观我国各地政府多年的绩效评估实践，笔者认为，在政府绩效评估过程中，上述三个特性是相辅相成、不可分割的。一方面，互动性要在纠偏性和管理性中体现，而纠偏性和管理性又离不开互动性。纠偏不是一蹴而就的，而应是见微知著的，通过一个长期的互动过程来纠偏，不仅可以提高成效，而且可以大大减少"偏"对事业的损害；而管理本身是动态的，考核者不可纸上谈兵，被考核者也不可盲干，应通过一个动态的、随机的互动过程，让绩效评估的管理性落到实处。在具体实践中，只有做到三个特性的有机结合，才能让绩效评估不仅能发挥出考核的功能，还能发挥出管理的效能，实现更高层次的管理目标。

树起科学干事的导向标

经过一番紧锣密鼓的"鏖战",2006年度青岛市党政机关目标绩效考核结果揭晓,7个区市、40个单位摘取了"优秀"的桂冠。本次目标绩效考核引入"科学""民意""实绩"三大元素,成为考核工作三大新亮点。

亮点一:科学定标。按照科学发展观的要求,青岛市科学制定考核指标,既引入国际上的先进理念和先进做法,又借鉴了国内兄弟城市的成功经验。经济建设方面设置导向性、预期性、约束性等考核指标,社会建设方面突出民生、教育、卫生、环保、绿化等社会事业指标,各区市、各部门、各单位坚持运用创新的思路和方法,将市委、市政府的决策部署层层分解和细化量化,建立起"一级抓一级、一级对一级负责"的责任体系。

亮点二:听取民意。"金杯,银杯,不如老百姓的口碑",2005年青岛市在全国首次应用计算机辅助电话调查技术(CATI),对青岛的12个区市党政机关履行职责的绩效情况进行民意调查,让百姓说出自己的心里话。短短半个月,共拨打调查电话达20多万次,有效调查问题累计17万个,并将调查结果纳入全市党政机关目标绩效考核;各区市积极探索内外部评估新方式，纷纷建立"民评官、民评政、民评民"新测评体系，自下而上真正实现了由封闭式考核向开放式考核的转变，搭建了百姓参政的新平台。

亮点三：务求实绩。为确保考核成效扎扎实实体现在日常的工作中，青岛市采用"日常全程动态监控"工作法，将青岛市委、市政府重要会议精神的贯彻落实，人大代表的建议、议案和政协委员提案的办理，市领导批示件办理，效能投诉，绩效审计监督等方面的工作落实情况纳入日常监控体系，更加关注工作过程的合法性、合规性和合理性；为确保考核结果的真实性和公正性，邀请市领导、机关干部、人大代表、政协委员、共产党员代表、普通民众六大群体当"裁判"，开创了"360度评价"新模式；同时，在考核中不仅"耳听"被考核单位的情况汇报，还要"眼见实证"，例如，检查档案以对种类繁杂的证明材料"验明正身"，现场核查大项目进展情况，走村入户了解农村基层组织建设现状。

三大新亮点树起了科学干事、民生为重、真抓实干的导向标。

导向标一：科学考核。正确引导各级政府科学干事，树起科学干事的导向标。青岛市第十次党代会提出了新目标、新要求，赋予了科学干事新内涵：解放思想创新干事，转变作风务实干事，牢记宗旨为民干事，廉洁从政干净干事，齐心协力团结干事，实现科学发展、和谐发展、率先发展，树立起科学干事的新形象，真正服务于民、取信于民、造福于民。

导向标二：民意考核。正确引导各级政府关注民生，树起民生为重的导向标。"官考官"向"民考官"的飞跃，将民意真正转化为一种有效的驱动机制和监督机制，促使各级政府的"眼睛"由上转下、由内转外，从而把对上负责和对下负责统一起来，倾听民声，了解民意，关注民生，并建设为民务实、廉洁高效的党政机关和诚信文明、人民满意的公务员队伍。

导向标三：实绩考核。引导各级政府务求实效，树起真抓实干的导向标。不摆花架子，不搞形式主义，一步一个脚印，踩准了，不走偏，踩实了，不冒进；让应景式的"突击战""站"不住，让临时性的"抱佛脚""抱"不了，追求扎扎实实的效益，取得实实在在的业绩，推动全市经济社会又好、又快地发展。

反脆弱

世界上最美丽的花，是什么？在我眼里，它是群芳之首。它的名字是"生命之花"。

记得泰戈尔的《生如夏花》吗？

生来如同璀璨的夏日之花，不凋不败，妖冶如火，承受心跳的负荷和呼吸的累赘，乐此不疲。

生命之花如同夏花璀璨，但一场雨、一阵风，花朵瞬间飘零，生命之花亦如夏花般脆弱。

脆弱是什么？作家塔勒布在《反脆弱》中讲道，脆弱来自一种负面的情绪，这种负面的情绪被现代科学解释为是身体为应对外部环境而自发生成的，不由大脑或者心理所控制，是一种与生俱来的客观，正如没有食物身体产生的饥饿感一样。

因此，当你面对困难挫折时，首先要接纳自身的脆弱，在反脆弱过程中激发出生命的意志力。

意志力是生命之花绽放的根系。是意志力，让我们的心灵在穿越黑暗时坚强地保留了一片圣地；是意志力，让我们善良的人性在面对生死攸关的利益抉择时不会泯灭；是意志力，让我们在世界陷入绝望的嘈杂时告诫大脑去理性地探索……也是神奇的意志力，让一个人按照苏格拉底的作业"坚持每天甩胳膊"，"甩"成了一位伟大的哲学家。

苏格拉底对学生们说："今天我要求你们做一件事情，非常简单，甩动自己的胳膊，先向前甩，再向后甩。"说完之后，苏格拉底亲身示范了一下，学生们也都做了起来。接着，苏格拉底说："从今天开始，你们每天把这个动作做300遍，能做到吗？"学生们都不以为然，心想这有什么难的呢，不就是甩甩胳膊吗？

一个月过去了，苏格拉底问："现在还有谁在坚持每天甩胳膊？"大部分学生都举起了手，只有少数人放弃了。苏格拉底说："很好，请继续坚持。"

又过了一个月，苏格拉底再问："现在还有谁在坚持每天甩胳膊？"又有一些人选择了放弃。

一年之后，苏格拉底问："现在还有谁在坚持每天甩胳膊？"此时唯有一个学生举起了手，这人便是柏拉图。

意志力这种东西说来奇怪，很多时候它隐藏在你的身体里面，平时不显山露水，但当你处在一个特别的境地之中时，它便会探出头来。

像柏拉图一样甩胳膊吧，因为，意志力就是在这样一些微小的事情中激发出来的。而一个人的意志力有多强，生命之花的根系便会有多强。

小议女人的底妆

　　林徽因和屠呦呦，都是令人敬仰的灿若星辰的女子。林徽因，一身诗意千寻瀑。屠呦呦，细读她的诺贝尔奖致辞，她的思维、她的价值观、她的情怀里满溢着诗意。女人，一个诗意的存在，诗意才是女人灵魂的底妆。有了这样的底妆，女人才会活成一束光，才会以特别的方式带给世界温暖、美丽和爱。

　　林徽因用聪慧和执着、勤奋和坚持为她的生命涂上了绚丽的色彩。她对建筑学的痴迷和追求、她在建筑史上的不凡造诣，让她轻松跨越了文学和学术的沟壑。她的文学作品里满含着理性和哲理，而她的学术研究里却充盈着诗意和美感，连古板的建筑在她眼里都有灵动的"建筑意"的存在。这一点，也让她成为民国时代独一无二的集学术性、文艺性于一身的奇特女子。

　　而屠呦呦，用人生第一声啼哭撬开了诗意的大门——《诗经》，"呦呦鹿鸣，食野之蒿"，青青蒿草，报得春晖。从蒿叶、蒿花到蒿茎，屠呦呦一生的诗意都藏在这一株植物里，藏在她朴素的内心里。她像这株蒿草一样，安静，不喧不闹，只专注于自己的研究；她的成就甚至也透着纯净的诗意，从植物的枝叶中"温柔"（低温）地获取汁液，从而救活了许多生命。

那些会发光的女子，就像星星一样，划过人类历史的天空，将她们生命里的诗意，燃烧成不同领域的才情与才华，来照亮这人间。当你仰望她们的光芒的时候，心中会生出感激，谢谢她们的存在，人世间才有了这样丰富的、诗意的美好。

嫏嬛小赋

心之精致

────

下班后，不经意走进万象城里的一家上海小餐馆。点单时，邻座一对年轻情侣热情地向我推荐菜品。刚点了他们推荐的鸭血粉丝汤，一个问题扔过来，"您是上海人吗？""不是啊，不过我在上海上过学。"

先端上来的是一款椰奶水果捞，盛在椭圆的釉青色的瓷瓶里，瓶口一片紫苏叶，浅浅立着……

这片紫苏叶让我恍然想起几年前的一个场景。那是在芝加哥飞往旧金山的航班上，四个小时飞行的疲乏，让我决定脱下鞋以解放双足。当我弯腰解开鞋襻又坐好时，邻座一个美国白人好奇地用英语问我："你是日本人吗？"我脱口而出："不，我是中国人。"我的语气带着一丝愠意，因为历史上日本人对于青岛的掠夺和破坏性入侵，让我的心跟这个国家狠命地结下了"梁子"。

当我因好奇而斜视他时，发现他的眼睛正斜视着我双脚上的一双丝袜，那双丝袜绣着几片精致的紫苏叶……

忽然，一个问题浮起来，我问那对年轻的情侣："为什么你们以为我是上海人呢？"男孩子回答："因为你精致。"

　　他的回答让我在受用的同时也对自己产生了一丝好奇。不过是一款简单的蓝色波点茶歇裙，不过是悄悄地入座，不过是轻轻地放包，不过是淡淡地点菜、浅浅地喝汤，而已。

　　此时端上来的春笋鲜肉上海小笼包，也让我想起青岛大包。小笼包几十道褶皱密密地封了个小口，而青岛大包永远是几道丘陵般地大褶豪爽地封大口。若只有"精致"一个词可用，你一定会不吝啬地用来描述小笼包。

　　精致是看得见的，精致又是看不见的，看见的精致在日常的当下里，看不见的精致在历史文化的浸润和绵延之中⋯⋯

　　而最好的精致，是心，是心的精致。

心　道

　　相信天下本无事，顺其自然地将一切交给生命自发地解决，意味着你必须臣服于内在的指引、对宇宙充满信心，相信你会在恰当的地点、恰当的时间解决一切。

　　相信天下本无事，顺其自然地活在当下，相信生活会恰如其分地带你去你要去的地方，并不等于不主动觉察，恰恰相反，你要有信心并主动去觉察、感受自己的放下和提升。

　　读书遇见这段文字，信手录之，顺手悟之，随手写之。

　　这段话似在讲述"心即万物"，或称"悟道"，或称"论禅"。无论怎样定义，其实都是心与万物连接之道，可取个乳名，叫"心道"。

　　所谓"心道"，不在外，在内，在每个人对自我内心澄明的觉察和听从。而要在纷乱的世间达到这个境界，需要拨云见雾的智慧，更需要有足够的定力，真的很不容易。

　　正所谓"当心与天地连通，生命即发生质变"。

舍与得

晚间（8月2日）海边散步，顺便支持了一下地摊经济。

小贩手里，25元一束的白百合蓓蕾初绽。

"应该南山市场价更低！""可你跑南山市场多远啊！""所以一分钱没给你讲价嘛！"顺便做了一次市场调研。

小贩快乐地笑了，政策放开后，他第一次在夜市摆摊，我是第一个买花的人。从书城一路步行40分钟回家，没想到，这束让小贩笑起来的白百合璀璨了我的心情。赠人玫瑰，手有余香。为什么不呢？一花一世界，小确幸里，闪着世间人性的温暖。

繁忙的40天之后（9月12日），暑热被秋爽赶跑，我的密集工作忙碌期终于告一小段落。

忽然有了晚间去海边散步的意愿。从奥帆基地漫步至书城附近，40天前那个卖白百合的小贩跃入我的脑海，他还在吗？今日被钟点工阿姨清除得一尘不染的屋子，真的需要一束白色的百合来装点这满屋的洁净。心里想着，脚步便有了方向。

与路人甲乙丙擦肩而过，瞥见有人手里横握一初绽的康乃馨、雏菊和向日葵混搭的花束。哦，那卖花的，一定是在不远处了。

循路看去，依傍着冬青树丛的，是一排排的鲜花桶。这回卖花的是一个女孩，每束降至了20元。又寻到我的白百合，夜晚晕黄的灯光里，握在手里的白百合，闪着白玉的光洁。

静静地等待晚间的公交车，心里想着，有多久了，那买花的"我"终于又回来了。那个"默"着的我，与人相比，更喜欢植物；与热闹相比，更喜欢安静；与入世相比，更喜欢避世；与家务相比，更喜欢写字……今晚，不知是那个"默"着的我在找寻属于我的白百合，还是那束白百合唤醒了"默"着的我……

总之，有这样的小确幸，忘记昨日，不看明朝，只知当下，如那只把脑袋钻进沙子里的鸵鸟，让那个"默"着的我沉浸在白百合的清香里，自顾自地慰藉和愉悦。

上了公交车，司机喊着出示健康码、刷乘车码，我便把白百合放在旁边的空椅子上，拿出手机忙碌着，又处理了微信中的事务，这样匆匆里竟到了站，又匆匆里下了车，匆匆里回到家，眼光撞见那只空了许久的绿色花瓶，才想起那束白百合呢……哑然失笑。

翻出我40天前的微信朋友圈，原来早就写有"赠人玫瑰，手有余香，为什么不呢？"哈，是啊，为什么不呢？

是啊，为什么不呢？找出许久未用的玫瑰精油，挤一滴到护手霜里，涂在双手上。果然，余香袅袅，与满屋的洁净相配，也与我满心的洁净相配。

三语三"谶"

当年从事新闻工作时，有采访对象建议："你的文笔极好，应该去写书啊。"我说，不急，不急，且等我的人生阅历足够厚的时候，我再去写。

那年我28岁。没想到，一语成"谶"。后来真开启了写书生涯，也是这人生真变得厚了，厚得结了茧子，厚得喘不过气来。

作为上班族，白天工作繁乱，常常是熬夜完成一篇篇长文。晨起，对镜，似乎脸上又刻了一条皱纹，唏嘘心疼自己的时候，也想起别人问我的另一个问题。

"为什么选择这艰苦的写作作为职业？"

那时的答案是："当有一天，外界也许没有什么我可以依赖的，但是，如果我能写作，那么，我还可以靠写作养活自己，靠它吃上饭。"

看起来，又会是一语成"谶"，呵呵。

遥想当年，我和一个叫锋的女孩都是青岛二中的理科尖子生，我的数学成绩、她的物理成绩都是独孤求败型。等到作文课上，我们一同趴在教室的窗台上，脑子一片空白，挤不出一个字，更不用说下笔若有神了。无奈之下，只好抬头看向窗外。窗外是美丽的栈桥和大海，海面上飞舞着白色的海鸥。我们用愁愁的思绪数着海鸥，却怎么也数不清。

多年后，锋得了牛津大学的电子工程学博士学位，回国看"客串"了当作家的我，讶异地问："你怎么拿了你最弱的一项来谋生呢？"

我一听傲娇，再想汗颜。

又是多年后，锋在英国成了有着顶尖厨艺的全职太太，牢牢地抓住了她的外籍丈夫的胃和心。

锋自嘲道："我现在把我全部的物理学知识都用在了厨房里。"这被我翻译为："你是说你终于用了你最强的一项来谋生啊！"呵呵，又是一"谶"。

世事无常，人生无常，城里城外，城外城里。每一个生命其实早已刻好了它该有的模样，这一世，只管认取属于自己的那个模样，一路认真地走来，踏实地走去，无问西东，如此便是——心安。

美在气质

穿军装的女人往往会成为街道上流动的风景。军中美女何其多？仔细分析，就会发现，女军人之美不在于青春女子的天生丽质，而在于女军人独有的异于众脂粉的刚柔相济的独特之韵。

这种独特之韵绝非是一身整洁干练的军装套在一位漂亮的女孩身上所能展现的，而是具备更为丰富、更为深刻的内涵，可以说，这份意蕴是严谨、正规的军营生活在一位素质较高的女性身上积淀进而升华而成的。

军营四周的高墙隔绝了外面日益精彩纷呈的世界。于是，"总是那么绿"的一身戎装将五彩缤纷的时装、五颜六色的化妆品束之高阁；日复一日规范、严整的军事操练使她们远离了花前月下的漫步细语、霓虹舞厅里的劲歌柔舞；而军营里日夜不懈的思想教育也潜移默化地熏陶着她们的军人意识。于是，集刚毅、果敢、严肃、蓬勃向上于一体的军人素质便"随风潜入夜，润'女'细无声"。这种特质一旦与女孩的青春柔媚有机地结为一体，便会折射出夺人心魄的意蕴之美：洒脱而不轻浮，娇美而非弱不禁风，气质深沉静远而非故作神秘，整体焕发出一种蓬勃向上、青春朝气的美。

这种独特的意蕴所触发的美，不是"最是那一低头的温柔，像一朵水莲花不胜凉风的娇羞"的"悦目悦耳"的纯女性之美，也不是荡人心魄、扰人情思的"悦心悦意"的性感女性之美，而是神秘而不失健康的"悦志悦神"之美，这份由刚与柔相济所弹奏出的美的旋律，特别具有"征服力"。

比起一般女孩，严格的军事素质训练与更加严格的军事思想训练使女军人经历了更多的风风雨雨与艰苦磨难；较之男军人，由于女性身体及情感的特殊性，在成长为优秀军人的过程中，她们往往要付出更多的泪水与汗水，因此，她们往往具有一种韧性，心理承受能力也较强。面对狂风骤雨，她们不再是温室里的花朵，而是昂扬的白杨；她们不再以泪水逃避风雨，而是更多地以沉稳与机智迎接挑战，这种良好的心理素质也是她们能挥洒自如地展示自己独特的美的原因吧。

浮山所回眸600年

1368年，即明洪武初年，为抵御海上倭寇的侵扰肆虐，明政府设浮山守御千户，即今日青岛市的浮山所之由来。

1999年，青岛市政府批准通过了浮山所整体规划设计方案。这块土地上崛起了一个新都市小区——"新贵都"，而600年历史的浮山所被锁进了历史的风尘中……

600年沧桑风雨，浮山所由一个卫所（兵营）演变为渔村。当新世纪的曙光来临时，它面临着脱胎换骨的巨变，一个现代的城市小区将为世代居住在此地的百姓们圆一个世纪之梦。随着浮山所旧城改造"佳期"的来临，这个梦也愈来愈清晰、愈来愈真实……而浮山所也像一首老歌，正吟唱着最后一个音符。

一、浮山所：胶澳大地最早的海防屏障

青岛旧时被称为胶澳。"胶"指胶州湾海域，"澳"则为泊船之地，"胶澳"之名实指胶州湾泊船之处。因为其所处位置偏于一隅，且多丘陵，自然难以成为兵家演练"鼓角争鸣"的要塞，也无法作为百万大军搏杀的战场。

时光回溯至600多年前的明朝。当我们的先人悠然沉溺于泱泱大国的博大厚沃时，隔海而居的日本人终因其国内封建割据、战火频仍带来的财政窘迫，撕下了温情脉脉的面纱，任由贪欲纵使，开始了强盗生涯。日本一批失意的政客、商人和浪人组成海盗集团，借口贸易，到中国沿海地区恣意抢掠、杀戮居民，史称"倭寇"。仅明洪武二年（1369年）至七年（1375年）间，倭寇六次袭掠胶澳大地，使这片昔日祥和的田园乐土一时阴云密布，杀气腾腾，百姓或流离失所，或内迁避倭，以至于"行百里仅见屋一处"。

为抵御海上倭寇的侵扰肆虐，明政府设浮山守御千户所（位于今青岛市的浮山所），受辖于鳌山卫。因濒海而遭外侮，为抗侵而设防，胶澳这片土地首次被推到了海防前沿，也使得"浮山所"这一延续600多年的称谓从一开始便"身价不菲"。风雨600年，许多地名变换更替，唯独"浮山所"却依然如故。

二、浮山所人：青岛早期居民

历史该为这片土地上因抵抗外侮而奋争过的先人们留下重重的一笔。每有倭寇入侵，海岸各处烽火台便会燃起熊熊的狼烟告急，持镐握锹的百姓便集结一处，变民为兵。他们登上卫所配置的"八橹哨船、风尖快船、十桨飞船"，同仇敌忾，追捕倭寇，令强盗闻风丧胆。浮山所也因此有双重含义：作为保卫海防、抵御外侮的军事单位，它被称为"浮山备御千户所"；作为屯垦居民、耕种渔猎的村落，它被称为"浮山所屯"。至明代中叶，先人们的智勇与勤劳终于为这块土地带来了农耕渔牧的兴旺繁荣。

浮山所因战事而设，从此也与战事结下不解之缘。1449年，明朝北疆又燃起战火，骁勇善战的瓦剌部落不断向明朝挑战，其部落首领也先率军攻打明朝，明英宗带军亲征，却兵败土木堡被俘。这便是明史中重要的一页——"土木堡之变"，后兵部尚书于谦率明军大败瓦剌部落，扬眉吐气，双方议和，也先派部下官兵护送英宗还京。英宗还京之后，将护送他的几名军人晋升官职，赐予汉姓梅、白、安、梁，令其任职浮山所指挥千户口等，职位世袭。梅、白、安、梁四姓从此落户浮山所，与汉人相通，繁衍生息。他们与建浮山所的军户共同成为青岛地区早期的居民。

三、浮山所遗迹："道家风骨"

浮山所因海而防，因海而兴，这片原本宁静安宁的土地，不时鸣响起"金戈铁马"的铿锵。那渔帆辉映、炊烟袅袅之处，常有刀光剑影、滚滚狼烟。同时，又因其毗邻道教名山——崂山，而留下了许多遗迹，令后人常怀思古之幽情……

浮山有九峰，峰峰皆秀。因山高风大，山峰常有云雾笼罩，有时云雾沉聚山腰，浮山九峰在云气风光中忽隐忽现，远远望去，仿如沉浮在海上一般，人称"浮烟九点"。山水空灵之美引来崇尚清幽、静雅的道家人士来此筑庵建观，浮山的两处重要遗迹——朝阳庵（后称"浮山庙"）与荒草庵便由此而来。

四、古所明朝更旖旎

600年，多漫长呀……无论曾积淀了多么厚重的历史，倚浮山、瞰黄海的浮山所却始终是矮舍、泥路的渔家村落。

1999年2月8日，青岛市政府批准通过了浮山所整体规划初审方案，依据这个方案，这片曾布满老旧平房的土地上终于崛起了集欧洲古典风格与江南风情意蕴于一体的新都市小区。最后的渔村吟唱着世纪末凝重的企盼，600多年历史的"浮山所"终于被锁进历史的封尘中……

腾空我们的心灵

　　五一假期闲暇，陪爱人和儿子去植物园游玩，路经湛山寺，忽然想进去走走。虽然与寺里住持明哲有过几面之缘，甚至说过时政，谈过人性……但终究因他云游四方，飘忽不定，不敢有相见的奢望。

　　但湛山寺却是去定了。湛山寺与植物园曲径相通，一边是佛门净地，一边是红尘热土，空间上倒也各得其所。于是和爱人、儿子相约，各适其适，我便独自一人进到这处清净之所。今天恰逢阴历十五，寺里自然少不了善男信女，他们虔诚地烧香、虔诚地祈愿。而我，却喜欢在悠远空灵的佛教音乐中闲步于幽转的回廊和清癯的松柏之间，偶尔，会碰到小和尚在庭院的石凳上讲经，别有一番意趣。

　　不经意间走到一"客堂"（办公室）处，恍听明哲熟悉的声音，淡闻一股墨香，又见门上有一"推"字，便推门而入，不想巧遇。

　　明哲鹤发童颜，朗朗而笑。原来他明日便要启程赴韩国参加中韩佛教文化交流活动，今日正在挥毫泼墨，题写明日携带之礼物。看他写字，也是一番别样风景。只见云卷云舒，行云流水，刚劲中透着几分仙风道骨，与之谈兴所至，他忽然停下来，裁定几尺宣纸，饱蘸浓墨，挥毫而成一遒劲洒脱的"平"字。明哲将"平"字阐释为"厚德载物、中正平和、祥安睦和、包容宽厚"，仔细想来，似乎与"和谐"二字有异曲同工之妙。原来他要将"平"字赠予我，旁边的僧人忙取来印章盖上，此枚印章竟然是第一次使用，实是有缘。盖罢，僧人又取来一方大印，盖定却是"海印天镜"四个字。明哲说这四个字是他在五台山打坐而得的。我问他："打坐了多长时间？"明哲答："五十年，一百天。"再问："'海印天镜'怎么解？"答："禅意，不可说。"话毕，他若有所思，笔落处却是一个大大的"禅"字，圆润通透，一笔呵成。众僧皆称好！明哲呵呵笑定，竟然一再谢我，说道，此"禅"字乃刚才一念之意，再也不会写出第二个相同的"禅"字了，遂命旁边的僧人取来相机拍照留存，并说这个"禅"字将成为他赴韩国携带的最尊贵的礼物。

及至辞别时，明哲又赠我两字："放下"。抱着这两幅字，转回廊，走小桥，便移步到与此相连接的熙熙攘攘、热闹喧阗的植物园，七转八转，在钓鱼池边找到了我"放不下"的那两个人，他们正在垂钓池子里放养的小金鱼。饥饿的小金鱼"放不下"诱人的饵料，成为儿子小桶里的"战利品"。我一时不忍，劝儿子"放生"小金鱼，没想到兴致正浓的儿子一口回绝："不，我要回家用食物喂它们。"

儿子心中"放不下"小金鱼，是因为小金鱼会给他假日里的生活带来丰富多彩的体验。他辛勤地为小金鱼换水，精心地喂食，白天欣赏小金鱼游弋的曼妙，晚上牵挂小金鱼的寂寞，几尾小小的金鱼给儿子的假日带来了无限乐趣，也带来了烦忧。是啊，他"放不下"的岂是金鱼，分明是金鱼给予他的愉悦和忧愁。也许，这就是我们的人生。用一份淡定与从容去"平"和地应对生活中的忧与乐、失与得，也许才是"放下"的真谛吧。

· 述志篇 ·

走出国威、军威的人们
——受阅水兵讲述自己的故事

飘洒、洁美，如白鹤群飞；超逸、卓绝，如云飞浪卷。1999年10月1日，由青岛海军潜艇学院选拔出的352名水兵组成受阅方队，恰似流动的蓝色海洋，宛如飞卷的白色浪花，向全世界展示了人民海军的英姿。

壮哉！英雄的水兵方队！今天，回眸走过的每一个脚印，他们依然心潮澎湃，热血激荡……

一

1999年6月13日，早饭后，雨水已深达20厘米。训练场，就是战场，耽误不得。总教练孙启华心里急，下令出操。

【水兵牟青芳】走在去训练场的路上，我心里直犯嘀咕："这样的天气还出操，不是明知山有虎，偏向虎山行吗？本来这几天就很累，让我们休息一天也好啊！"果然，训练刚开始，雨便大起来，扯天扯地地垂落，身上、鞋子都湿透了。正当我们满腹牢骚无处发时，突然，雨幕中出现了两个高大的身影，他们挺拔地矗立在指挥车上。那不是张铁权副院长和总教练孙启华吗？望着两位年逾花甲的老领导，此时，我感受了深深的惭愧！几乎是在同时，口号声和着雨声，夹杂着砸地的脚步声，声声轰鸣。先前低落的士气没有了，几天来的疲劳没有了，脚上的水泡、血泡所引发的疼痛没有了……雨越下越大，还夹杂着冰凌。考虑到我们的身体，总教练下令部队回营。每个方队都是队形整齐地齐步在雨中往回走。唰、唰、唰，铿锵的步伐，豪迈的气势，成为一首响彻阅兵村的雨中曲。领导们没有乘吉普车，而是与我们一起齐步向前，淋着雨，走在队伍的最前面……

二

北京的8月酷暑逼人。训练场地表温度高达60多摄氏度，训练难度增加，强度加大，水兵们的意志与韧劲再次经受考验，而更严峻的考验却摆在了一线指挥官们的面前。

【水兵徐静波】8月12日下午，方队合练，我们这一排没走好，遭到方队长严厉批评，区队长方善义脸憋得通红，却一句话也没说。晚饭后，区队长让我们列队来到阅兵村的大阅兵倒计时牌前。他静静地站立了几分钟，向着鲜红的倒计时牌庄严地敬了一个军礼！回去的路上，好多战友都愧疚、伤心地哭了……

【水兵曹确一】8月20日上午，天特别热，我感觉头眩晕，嗓子发紧。出操一小时后，中队合练，大家都有点吃不消，动作也做不到位了。中队长何健看在眼里，却没有说什么，只叫了暂停，为我们讲了一个1984年他们参加国庆阅兵训练的故事：一位战士的鞋子踢坏了，鞋钉从鞋底探出两厘米，把脚后跟穿了个洞，鲜血直流。但为了标齐排面，这位战士硬是脚后跟踩着鞋钉坚持走完，在训练场上留下一道长长的血色足印……

这个故事，让我深深理解了"使命重于泰山，责任重于生命"的含义。阅兵训练，有常人望而却步的艰难，更有一名军人向往的荣耀与光荣！

三

水兵方队里大多为年轻人，十八九岁，约60%是独生子，方队细致入微的"暖心工程"如春雨润物呵护着他们。

【水兵汪琦】刚进阅兵村那天恰逢我18岁生日。我站在训练场上，分外想家。想念父母为我准备的大大的生日蛋糕，想念父母看我吹蜡烛时慈祥的眼神，但是现在……晚饭后，我按捺不住，悄悄地溜出给家里打了个电话。回到寝室后，大家都用奇特的眼神在看着我，我心里惴惴不安。这时，班长把我叫到储藏室，问："说说你今天干什么去了？"尽管班长的声音很轻柔，可是我内心又慌又怕，夹杂着莫名的委屈，于是我控制不住哭了起来。班长愣了:"怎么了,怎么了,今天是你的生日啊!"

班长拉着我的手回到宿舍,只见宿舍的大灯关了,一个生日蛋糕在红红的烛光下闪着温馨的光芒,政委张继国、方队长商学通、总教练孙启华与战友们围坐在餐桌旁边,《祝你生日快乐》的歌曲回响在宿舍内……

四

"强扭的瓜不甜。我不想对你讲什么大道理。的确,超期服役,参加受阅,不会给我带来实惠。你完全有理由拒绝我的爱。面对祖国的挑选,我更没有丝毫理由犹豫,因为我是一名军人……"老兵周斌给即将分手的女友写完这封信后,背上钢枪,挎上军用水壶,带领全班战士又走上了训练场。

1998年,周斌四年服役期满,相处六年之久的女友多次写信要求他退伍回家结婚,爸爸、妈妈也希望他早日回到身边。而此时此刻,组织决定让他参加中华人民共和国成立50周年阅兵。面对这两难选择,最终他不顾亲人和恋人的反对,推掉父母已为他联系好的工作,毅然选择成为受阅水兵方队中的一员,而等待他的是女友写来的分手信。

爱上一个人不容易,忘掉一个人更不容易。失去相处六年的恋人,周斌不可能不痛苦,但他从未因此影响训练。他带领全班战士刻苦训练,顶烈日、战酷暑,流血流汗不流泪,掉皮掉肉不掉队。训练中他既当受阅队员,又当教练员,工作冲在前,训练做表率,在阅兵分指挥部组织的考核中取得了优异的成绩。他以优秀的表现,感动了全方队官兵,成为大家学习的榜样。我问他，选择受阅后不后悔，他动情地说："作为一名军人，我不能在任务面前退缩；作为一名党员，我更不能在组织需要的时候当逃兵。家里生活虽然舒适，但受阅任务更光荣。有机会再为部队贡献自己的力量，让自己接受一次考验，选择阅兵我无悔无悔！"

五

"受阅都能挺过来，人生中还有什么困难可怕？""能够参加50周年大阅兵，我一辈子都为此骄傲！"班师回青的水兵们以朴实的语言直抒胸臆。水兵朱光忠回忆起走过天安门那短暂的一瞬间，至今仍心潮澎湃。

> 天安门城楼快要到了，我的心也随方队整齐的脚步声而跳动。"向右看——"，领队的口令一出，我和战友们使出浑身的劲喊着口号。在刚开始的几步内，我和左、右邻兵迅速达成默契，凭着双眼余光校正队形。我看到天安门城楼上的人们纷纷鼓掌，许多摄像机不断调整位置。踏着雄壮的音乐，迈着铿锵有力的步伐，我仿佛看到首长们热切激动的目光、沸腾的群众热情滚滚的笑脸。数月的心血、无数次的拼搏、上万次的摔打，凝聚成这一刻的辉煌……我的鼻子一酸，眼角流下泪来，可容不得我细想，"向前看——"的口令已发出，换为齐步，我稳住激动的思绪，尽力让自己平静下来。

中华人民共和国成立50周年大阅兵仪式留在水兵心中的是使命与光荣，是汗水与艰辛，更是一生的纪念与永恒。这次经历，令18岁的水兵姚明华感慨万千："人一生中遇到的机会是比较少的，关键在于能否把握住。奋斗与拼搏是把握机会的最好武器，面对未来，我只选择一条路——迎难而上！这次的阅兵经历，我将铭记终生，50年后，我们的祖国百岁华诞，我将以无比自豪与神圣的心情回忆今天的经历。感谢阅兵场，它让我的一生变得更有意义、更有价值！"